학교폭력
예방 우화집

우린 소중해

우화는 동물이나 식물 등의 자연물을 주인공을 내세워 인간 사회
의 문제점이나 모순을 신랄하게 풍자하고 비판하는 이야기의 형
식입니다. 주인공은 자연물이지만 사실 그 속에 담긴 이야기는
사람들의 이야기이고, 우리 사회가 안고 있는 문제점을 여실히
드러내고 있습니다. 우화를 읽으면 겉으로는 재미있는 상황 설정
에 웃음이 날지 몰라도, 속마음으로는 우리가 안고 있는 문제를
시원하게 풀어 대신 말해준 주인공의 이야기를 통해 통쾌한 짜릿
함을 느낄 수도 있습니다. 이 책이 바로 그런 책입니다.

이 책은 대구강림초등학교 5학년 친구들이 쓴 우화집입니다. 이
책에는 학교에서 일어나는 친구들과의 갈등, 주변에서 흔히 일어
나는 학교폭력 상황에 대한 문제 들을 동물과 식물의 생활에 빗
대어 표현한 재미있는 이야기들이 담겨 있습니다. 어떤 이야기를
읽으면 "나도 비슷한 일을 겪은 적이 있는데"라며 주인공이 아픈
마음에 공감을 느낄 것이고, 또 어떤 이야기를 읽다 보면 "나도
어쩌면 저런 사람이 아닐까?"라는 자기 반성을 하게 될 것입니
다. 그만큼 이 책에는 우리들의 이야기를 우화로 풀어내어 재미
있지만, 감동과 교훈을 주는 소중한 이야기 7편이 담겨 있습니
다.

이 책을 쓰며 우리 아이들은 참 즐거웠습니다. 우리 반에는 작가

가 되고 싶은 아이부터 글쓰기라면 비명부터 지르고 싶은 아이까지, 다양한 아이들이 있습니다. 처음부터 글이 술술 써지지는 않았지만, 친구들과 의견을 나누고 이야기 속에 주제를 담아 재미있게 구성해 나가는 과정을 거치며 책을 쓴다는 재미를 점점 느낄 수 있었습니다. 글을 쓰고 그림을 그려 책을 완성하는 일이 언뜻 멋져 보이기는 하지만 쉬운 일은 아니었습니다. 그렇지만 힘들어도 괜찮고, 어려워도 괜찮았습니다. 왜냐하면 친구들과 함께하는 일이 재미있었으니까요. 우리는 재미만 있다면 힘들어도 어려워도 다 할 수 있었거든요.

이 책이 나오기까지 많은 분의 응원이 있었습니다. 늘 교장실 문을 활짝 열어두고 아이들을 반겨주신 최성애 교장선생님, 인자하게 아이들을 대해주신 이승훈 교감선생님께 감사의 마음을 전합니다. 무엇보다 일 년 동안 이야기를 구상하고, 글을 쓰고, 그림을 그려 이렇게 멋진 책을 만들어낸 대구강림초등학교 5학년 1반 친구들에게 끝없는 축하와 격려의 마음을 보냅니다.

이제는 이 책을 읽을 독자들의 시간입니다. 아이들이 펼쳐낸 이야기를 읽고 무엇을 생각하고 어떤 것을 느낄지는 독자들이 몫입니다. 부디 이 책을 읽으며 많이 웃고, 크게 깨달아 마음이 맑아지셨으면 좋겠습니다. 감사합니다.

**2025년 새봄에 김대조 선생님**

# 차례

우리 모두 소중해

# 우리 모두 소중해

물고기들이 자유롭게 헤엄쳐 노는 수족관이 있
었다. 그 수족관은 크기가 어마어마하게 커서
마치 작은 바다 같았다. 수족관에는 여러 종류
의 물고기들이 각자의 영역에서 평화롭고 즐겁
게 살고 있었다.

그러던 어느 날, 수족관에 흰동가리라는 물고기가 새로 들어왔다. 흰동가리가 새로 들어간 수족관 영역에는 이미 꽁치, 복어, 가자미라는 못된 물고기 세 마리가 있었다. 그 못된 물고기들은 흰동가리가 자기들과는 다르다는 이유만으로 마음에 들어 하지 않았다.

"야, 너 뭐야? 생긴 게 왜 그래? 줄무늬와 이상한 주황색이 있네. 큭큭!"
낯선 물고기들이 둘러싸며 다가오자 흰동가리

는 겁을 먹은 채 말했다.

"왜 그러니? 너희들은 누구야?"

"얘들아, 이 물고기한테 우리가 얼마나 대단한지 본때를 보여줘야겠는데!"

못된 물고기 세 마리 중 대장인 가자미가 말했다.

못된 물고기 세 마리는 흰동가리를 입으로 쪼아대며 구석으로 몰아갔다. 흰동가리는 저항도 하지 못하고 구석으로 몰려 괴롭힘을 당해야만 했다.

이 일이 매일 계속해서 일어나다 보니 흰동가리의 몸에는 조금씩 많은 상처가 생기게 되었고 보이지 않지만 마음의 상처도 커지고 있었다.

"왜 그래? 내가 너희들한테 뭘 했다고 그러니? 나 괴롭히지 마! 나도 아프단 말이야!"

흰동가리가 힘겹게 말했지만, 못된 물고기 세 마리는 신경도 쓰지 않았다. 오히려 아무렇지도 않게 흰동가리에게 더 겁을 주었다.

"뭐? 우리가 왜? 뭘 잘못 했는데?"

"이상하게 생긴 게 여기가 어디라고 와서는 까불어! 넌 우리랑 생긴 게 다르잖아!"

이렇게 겁을 주며 못된 물고기 세 마리는 계속해서 흰동가리를 때리며 괴롭혔다. 흰동가리도 점점 한계에 다다랐다. 결국 흰동가리는 괴롭힘을 견디지 못하고 어디에도 나설 수 없는 심각한 상태가 되었다.

그때, 어디선가 가오리 할아버지가 아이들에게 다가왔다.

"얘들아, 친구를 괴롭히면 되겠니? 폭력은 나쁜 거야. 그러지 말거라!"

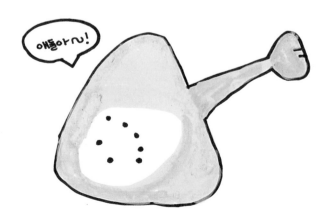

못된 물고기 3마리는 바로 맞받아쳤다.

"친구요?"

"누가 친구예요?"

"설마 이 연약하고 힘도 없는 애랑요?"

못된 물고기들이 흰동가리를 가리키며 물었다.

가오리 할아버지는 그 말에 대답하시며 흰동가리를 걱정스럽게 살펴보셨다.

"뭐? 연약한 아이가 아니라 너희와 같은 소중한 물고기잖니?"

이때 못된 물고기들은 가오리 할아버지와 흰동가리가 한심하다고 생각한 건지 가오리 할아버지와 흰동가리를 째려보며 휭하고 가버렸다.

못된 물고기들이 자리를 피한 후에도 가오리 할아버지는 자리를 떠나지 않았다. 그런데 가오리 할아버지가 흰동가리를 살펴주다가 그만 바위에 부딪혀 머리를 박고 말았다. 가오리 할아버지는 많이 다치셨는지 고통스러워하셨다.

하지만 못된 물고기는 아는 체도 하지 않고 가

던 길을 다시 돌아와 오히려 가오리 할아버지에
게 버릇 없이 말했다.

"히히. 그러게 가오리 할아버지는 저희 말은 들
어주지 않고 왜 쟤 말만 들어요? 할아버지나 그
러지 마세요!"

"아니, 뭐가 어째? 어른이 다쳤으면 걱정부터
하고 사과를 해야지! 이런 고약한 놈들을 봤나!"

가오리 할아버지는 아픈 것을 참으며 못된 물고

기를 혼내주려고 했다.

"그러게 왜 남의 일에 참견해서 다치냐고요! 가오리 할아버지는 그냥 가던 길이나 가세요! 저희가 알아서 할 테니."

못된 물고기들은 더욱더 가오리 할아버지에게 버릇없게 굴며, 힘들어하시는 가오리 할아버지를 힘으로 밀쳐버렸다.

가오리 할아버지는 이 일로 정신적인 충격을 받으셔서 시름시름 앓아누우셨다. 흰동가리를 구해주려다가 가오리 할아버지가 병원에 입원하게 된 것이다.

가오리 할아버지가 머리를 다치신 후 흰동가리가 슬퍼하는 사이에 못된 물고기들도 자신들이 가오리 할아버지에게 예의 없게 굴고 흰동가리를 괴롭히고 때려 미안함을 느꼈는지 한동안은 흰동가리를 괴롭히지 않았다.

그렇게 며칠이 지났다.

꽁치, 복어, 가자미는 다시 몸이 근질거리기 시작했다.

한동안 흰동가리를 장난감처럼 때리며 괴롭혔는데 그렇게 하지 못한 지 오래되니 다시 의욕을 느끼기 시작했기 때문이다.

그렇게 다시 며칠이 지난 뒤, 이번에는 멸치라는 물고기가 수족관에 새로 들어왔다.

멸치는 연약해 보이고 작은 물고기였다.

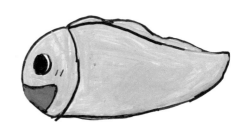

누군가를 괴롭히는 일에 의욕을 느낀 탓인지 못된 물고기들은 멸치를 보고 다시 무작정 괴롭히기 시작했다.

"야, 비실이 너 이리 와 봐! 큭큭."

못된 물고기들은 별명을 제멋대로 지었다. 멸치를 자기 멋대로 비실이라고 부르며 놀려대었다.

하지만 멸치의 반응은 흰동가리와 달랐다.

"응? 여기 비실이가 어디에 있어? 누가 비실이
인데?"

멸치가 당당하게 말했다.

멸치는 자신을 괴롭히는 못된 물고기들을 무시
하고 못된 물고기들의 말은 들은 체도 하지 않
았다.

멸치의 행동에 화난 못된 물고기들은 멸치를
더욱더 심하고 오랫동안 괴롭혔다.

할퀴고, 때리고, 깨물고, 쪼아대는 등 못된 물
고기들은 멸치가 겪는 고통을 생각하지 않고,
계속해서 때리고, 깨물고, 할퀴고, 쪼아대며 괴
롭혔다. 결국 멸치는 몸에 많은 상처가 생겨 흰
동가리보다 심하게 다치고 말았다.

그 모습을 오랫동안 지켜보던 흰동가리가 나타
나 못된 물고기들에게 말했다.

"멸치를 괴롭히지 마! 멸치가 당하는 것도 생각
해 보란 말이야!"

흰동가리는 멸치를 감싸주며 용기 내어 못된 물고기들에게 말했다.

그 모습을 본 멸치는 흰동가리는 자신을 보호해 준 좋은 친구라는 걸 알았다.

못된 물고기들처럼 자신을 때리고 괴롭히지 않는 착한 친구가 있다는 것이 고마웠다.

어느 날, 못된 물고기들이 흰동가리와 멸치가 함께 있는 모습을 보았다.

못된 물고기들은 흰동가리와 멸치를 불렀다.
흰동가리는 그쪽으로 가려고 하였지만 멸치가
앞길을 막았다.

"가지 마, 가면 못된 물고기들이 너를 괴롭힐
거야."

"하지만 여길 지나치지 않으면 또 못된 물고기
들이 우리를 찾아와서 더 괴롭힐 거야."

흰동가리가 용기를 내어 말했다.

그러자 멸치도 흰동가리의 말을 듣고 흰동가리
와 함께 못된 물고기들이 있는 쪽으로 다가갔
다.

"흰동가리야, 내가 때려서 미안해. 다시는 안
그럴게."

"멸치야, 너도 힘들었지? 이제 다시 그러지 않
을게."

못된 물고기들이 갑자기 태도가 바뀌자 흰동가
리와 멸치는 당황스러웠지만 기분은 좋았다. 흰
동가리는 못된 물고기들이 진심으로 반성하고

전에 했던 자신의 모습을 사과한 줄 알고 말했다.

"그래, 괜찮아, 다음부터는 너의 행동을 되돌아보고 그러지 말았으면 해."

그런데 갑자기 못된 물고기들이 표정을 바꾸며 흰동가리와 멸치의 모습을 보고 비웃었다.

"킥킥킥!"

못된 물고기들은 비아냥거리며 흰동가리에게 말했다.

"진심이겠어? 우린 장난이었는데 진심으로 받아들일 줄이야. 우리도 몰랐지. 네가 우리의 사과를 받아들일 줄이야. 킥킥!"

못된 물고기들은 오히려 진심으로 받아들인 것이 잘못이라 따졌다.

흰동가리는 못된 물고기에게 당한 일이 생각나 많이 속상했다. 하지만 그 모습을 본 못된 물고기들은 또 한 번 웃으며 아무런 일 없었다는 듯 자기의 영역으로 흩어졌다.

흰동가리와 멸치는 실망감 반, 무서움 반을 마음에 안고 자신의 영역으로 향했다. 멸치가 힘들어 보이는 표정과 힘없는 목소리로 말했다.

"흰동가리야, 이제 못된 물고기들의 말을 믿지 말자."

멸치의 말을 들은 흰동가리가 대답했다.

"그래."

다음날 가오리 할아버지가 퇴원을 했다. 그 소식을 듣고 흰동가리와 멸치는 너무나도 기뻤다. 흰동가리와 멸치는 병원 앞으로 갔다.

"할아버지, 이제 괜찮으세요?"

"흰동가리가 왔구나. 그래, 괜찮다. 그런데 얘는 누구니?"

할아버지는 멸치를 보고 누구냐고 물으셨다.

"제 친구예요. 우린 서로 도와주는 사이에요."

"친구라……."

평소에 친구라고 불러 본 적 없던 멸치가 신기

해했다. 그리고 멸치가 물었다.

"흰동가리야, 넌 나를 친구라 생각하니? 왜 친구라 생각해?"

흰동가리가 말했다.

"넌 내 곁에 항상 있어 줬잖아."

"그렇구나. 하지만 네가 내 옆에 있으면 너도 다시 괴롭힘을 당할 수도 있는데도 날 친구라 생각해 주어서 정말 고마워."

흰동가리와 멸치는 가오리 할아버지를 안전하게 집까지 모셔다드렸다.

"가오리 할아버지, 아직은 몸을 조심하셔야 할 거예요. 저희가 자주 올 테니 그때까지 기다려 주세요. 안녕히 가세요."

"오냐, 고맙구나. 너희들 덕에 집까지 편하게 왔구나. 너희들도 나쁜 녀석들에게 괴롭힘을 당하지 않도록 조심하거라."

흰동가리와 멸치는 가오리 할아버지께 인사드리고 나오는 길이었다.

그런데 그때, 못
된 물고기들이 눈
앞에 나타났다.
"너희들 여기서
또 보네. 왜 자꾸
우리 눈에 띄고 그
래? 흰동가리와 멸치! 너희 이리로 와."
못된 물고기들은 다짜고짜 흰동가리와 멸치를
때렸다. 흰동가리와 멸치는 지느러미를 너무 많
이 뜯겨서 너덜너덜해질 지경이었다.
그런데 갑자기 상어가 나타나 물고기들을 잡아
먹기 시작했다. 그리고 상어가 못된 물고기들을
발견하고 빠르게 다가오기 시작했다.

"야! 너희들 이리로 와!"
흰동가리와 멸치는 바위틈에 숨어 못된 물고기
들을 불렀다. 못된 물고기들도 멸치의 도움을

받아 바위틈으로 숨었다. 물고기들은 상어가 지
나갈 때까지 바위틈에 숨어 상어가 가기를 기다
렸다.

"너희들이 우리를 구해주었구나. 우리는 그동
안 너희를 괴롭히기만 했는데."

못된 물고기들이 흰동가리와 멸치에게 미안하
다는 듯 말했다.

"나도 처음에는 그냥 둘까 싶은 나쁜 마음도 있
었어. 하지만 차마 너희들이 잡아먹히는 것을
두고 볼 수 없었어."

흰동가리가 못된 물고기들에게 말했다. 못된 물고기들은 흰동가리와 멸치가 너무나 고맙기도 하고 그동안 괴롭혔던 날들을 생각하면 미안하기도 했다.

 멸치와 흰동가리가 못된 물고기들을 구해준 뒤로 못된 물고기들은 자신의 잘못들을 크게 뉘우치고 가오리 할아버지를 찾아가 고개를 숙여 사과했다.
 "할아버지 저희가 잘못했어요. 할아버지에게 버릇없이 굴고 할아버지가 도움을 주셨을 때 화를 내며 짜증 냈던 것도 다시는 그러지 않을 거예요. 앞으로는 흰동가리와 멸치도 잘 도와주고 보호해 줄게요. 약속해요."
 할아버지께서는 못된 물고기들의 사과를 받고 말하셨다.
 "너희들이 잘못을 뉘우쳤다니 정말 다행이구나. 이 세상 누구도 남을 때려서도 안 되고, 그 누구도 맞아도 되는 물고기들은 없단다."

 가오리 할아버지는 못된 물고기들을 용서해 주
셨다. 못된 물고기들을 한 번 더 흰동가리와 멸
치에게 사과하며 다짐했다.

"흰동가리와 멸치야, 우리가 그동안 미안했어.
우리가 당했을 때 기분이 어떨지는 생각해 본
적이 없는 것 같아. 이젠 정말 그 누구도 괴롭히
거나 때리지 않을 거야. 지금 생각해 보니 너희
들이 많이 속상하고 힘들었을 것 같아. 멸치의
별명을 마음대로 지어서 부른 것도, 때린 것도
흰동가리에게도 때리고 말로도 큰 상처를 남긴
것도 모두 사과할게. 이번에는 진심이야 우리의
사과 받아줄 수 있을까?"

 멸치와 흰동가리가 머뭇거리며 말했다.

"그래, 정말 뉘우친 것 같아. 우리 함께 친하게
지내보자. 사과해 줘서 고마워!"


 다음날부터 수족관에는 그 누구도 때리거나 맞

는 물고기가 없었고 웃음을 다시 찾았다. 그리
고 멸치와 흰동가리 못된 물고기들, 아니 이젠
착한 친구들은 늘 함께 서로 의지하는 사이가
되었고 누구도 싸우는 일 없는 평화로운 수족관
을 되찾았다.

채소들의 영웅

# 채소들의 영웅

평화로운 마트에서 채소들이 놀고 있었다. 어느 날 마트 아주머니가 가져온 박스에는 싱싱한 토마토가 있었다. 이번에 새로운 토마토가 마트로 이사 온 것이다. 채소 친구들이 소문을 듣고 토마토를 반갑게 반겨주었다.

"토마토야, 안녕?"

당근이 말했다. 토마토는 채소들이 자기를 반겨 주자 안심이 되었다. 새로운 곳에 와서 아무도 반겨주지 않으면 얼마나 슬플지 걱정했기 때문이다. 토마토는 불안했던 마음을 조금 없앨 수 있었다.

하지만 채소 사이에 숨어 있었던 스테이크는

토마토가 마음에 들지 않았다.

환영 인사가 끝난 밤에 스테이크는 토마토를 냉동 창고로 몰래 끌고 갔다.

"야, 토마토. 너 내가 누군지 알아?"

"아, 아니. 오늘 처음 왔는데 네가 누군지 어떻게 알겠니?"

"이런, 쯧쯧. 아직 내가 얼마나 대단한 스테이크인지를 모른단 말이지? 그럼 오늘 알려주지."

스테이크는 기분 나쁘게 웃는 표정을 지으며 토마토를 훑어보았다. 그러고는 토마토의 꼭지 모자를 가리키며 말했다.

"야! 그거 괜찮아 보이네. 내가 좀 쓰면 안 될까?"

토마토가 떨리는 목소리로 말했다.

"미안한데, 그건 안 될 것 같아."

그러자 스테이크가 강제로 토마토의 꼭지 모자를 벗겼다.

"안 돼! 내 모자야!"

"그러게, 내 말을 들었어야지!"

토마토는 눈물을 글썽이며 겁에 질려 있었다. 스테이크는 토마토의 마음은 생각지도 않고 꼭지 모자를 빼앗아 쓰고는 좋아했다.

'헉, 어떡해!'

그때 잠이 오지 않아 냉동 창고 부근을 서성이던 당근이 이 모습을 보았다. 그런데 선뜻 나서서 토마토를 도와주지 못했다.

그런데 스테이크의 나쁜 행동은 이게 끝이 아니었다. 다음날에는 토마토처럼 딸기를 냉동 창고로 끌고 갔다.

"스테이크야, 왜 불렀어?"

"네 몸에 있는 씨가 탐난단 말이야. 그걸 나한테 줘야겠어!"

"뭐? 시, 싫어! 이러지 마!"

"달라면 얌전히 줄 것이지!"

"안 돼!"

스테이크는 딸기의 몸에 있는 씨를 강제로 빼앗았다. 그러고는 자신의 몸에 씨앗을 붙였다.

"하하! 이제 이 씨를 내 몸에 붙이면 더 멋진 스테이크가 될 수 있겠군!"

그러면서 딸기에게는 이 일을 비밀로 하라고 협박하듯 말했다.

"야 너 내가 했다는 걸 애들한테 말하기만 해 봐!"

딸기는 겁에 질려 다른 채소 친구들에게 이 사

실을 말하지 못했다.

스테이크의 욕심은 점점 더 커졌다. 또 다음날, 스테이크는 체리의 꼭지 머리띠가 예뻐 보여 탐이 났다. 그래서 체리의 꼭지 머리띠도 가져갈 계획을 세웠다.

'흠. 뭔가 부족해. 지구 최강 스테이크가 되기 위해선 무언가 특별한 것이 더 필요해. 그렇지! 이번엔 체리의 꼭지 머리띠를 가져가야지!'

스테이크는 체리 쌍둥이를 냉동 창고로 끌고 가 말했다.

"야, 너희 내가 지난주부터 봐줬는데 오늘은 내가 너희의 꼭지 머리띠를 좀 가져가야겠어!"

그 말을 듣고 첫째 체리가 말했다.

"무, 무슨 짓이야? 하지 마!"

그러자 둘째 체리도 말했다.

"스테이크 너, 내가 애들한테 다 말할 거야!"

"흥, 만약 애들한테 말한다면 내가 너희를 음식물 쓰레기통에 넣어 버릴 거야!"

체리 쌍둥이들은 겁에 질려 친구들에게 말도 하지 못하고 끙끙대고 있었다.

"하지 마!"

스테이크는 체리의 저항을 무시하며 체리에게서 꼭지 머리띠를 빼앗았다. 그러고는 체리의 꼭지 머리띠를 자기 것처럼 쓰고 다녔다. 스테이크는 방울토마토의 꼭지 모자에, 딸기의 노란 씨를 온몸에 붙이고, 체리의 꼭지 머리띠까지 빼앗고 나니 마음이 뿌듯했다.

'음하하! 이제 애들이 날 지구 최강으로 생각할까? 아니지. 이걸로도 부족해.'

하지만 스테이크는 그걸로도 만족하지 못했다. 남의 것을 빼앗을수록 점점 더 많은 것을 갖고 싶어졌다.

'뭐가 더 있으면 좋을까?'

욕심 많은 스테이크의 욕심은 정말 끝이 없었다. 언제까지 남의 물건을 함부로 빼앗아야 정신을 차릴까? 그러던 중 좋은 생각이 났다.

"아! 수박이 있었지. 수박의 줄무늬가 왠지 내 통통한 몸매에 어울릴 것 같아."

스테이크는 수박의 무늬를 뺏으려고 작전을 궁리했다. 하지만 그것은 쉽지 않았다.

'수박은 나보다 크기가 큰데 어떻게 빼앗지? 그래! 그렇게 하는 거야!'

스테이크는 긴 생각 끝에 좋은 생각이 났다.

그날 밤. 수박이 잠든 사이에 과일 코너에는 검은 그림자가 소리 없이 지나갔다. 그리고 다음 날, 모두가 경악할 일이 일어났다.

"꺅! 살려줘!"

큰소리가 울렸다. 채소들이 한자리로 모였다.

"무슨 일이야?"

겁에 질려 있는 수박의 모습을 보고 채소들은 큰 충격에 빠졌다.

"너, 너 뭐야? 왜 줄무늬가 없어?"

당근이 소리 치자 가지도 덩달아 말했다.

"그, 그런데. 요즘 채소며 과일이며 다 이상하게 변했었어."

덜덜 떨면서 수박이 말했다.

"스, 스테이크가, 내 무늬를……."

그때 토마토의 꼭지 모자와 수박의 무늬, 체리의 머리띠, 그리고 딸기의 씨를 몸에 갖고 있는 스테이크가 나타났다. 채소 친구들은 이상해진 스테이크의 모습을 보고 깜짝 놀랐다.

"어? 뭐, 뭐야? 왜 네가 우리 친구들의 물건을 하고 있어?"

"애들이 나한테 줬어!"

"아, 아니! 너는 우리 물건을 강제로 빼앗아 갔

잖아! 네가 **뺏어간** 것들을 빨리 돌려줘!”

　채소들 사이에 있던 토마토가 용기를 내며 말했다.

“무, 무슨 소리야? 증거 있냐?”

당황한 스테이크가 소리를 치며 말했다.

“네가 지금 가지고 있는 거 나와 토마토, 수박, 그리고 딸기의 것이잖아!”

　가만히 듣고만 있던 체리 쌍둥이도 용기를 내며 말했다.

“에잇! 모르겠다!”

　당황한 스테이크는 고기 코너로 도망가며 몸을 숨겼다. 채소들은 스테이크를 찾으려고 했지만 채소 코너에서 고기 코너까지 가는 것은 무리였다.

　그렇게 밤이 되고 모두가 잠든 시간에 청소 아주머니가 마트를 둘러보는 중 스테이크를 발견했다.

"어? 스테이크의 모습이 왜 이러지? 벌써 유통 기한이 지났나? 에휴. 버려야겠다."

이것저것 다른 친구들의 소중한 것들을 모두 빼앗아 자기 몸에 붙인 스테이크를 본 청소 아주머니는 스테이크가 상해서 그런 줄 착각했다. 그렇게 스테이크는 음식물 쓰레기통에 버려졌다. 너무 깊은 잠에 빠져있던 스테이크는 자신이 버려진 사실도 모른 채 잠들어 있었다.

그리고 다음 날이 지나고 채소들은 스테이크가 보이지 않아 어리둥절했다.

"뭐야 스테이크는 어디에 있는 거야?"

"남의 물건을 탐내기만 하고 욕심부리더니, 겁쟁이처럼 숨었겠지."

잠시 후, 스테이크가 쓰레기통에서 깨어났다.

"어! 뭐야? 여긴 어디지?"

"허허, 일어났구나!"

쓰레기통 안에는 스테이크 말고도 다른 누군가가 있었다.

"아 깜짝이야! 누, 누구세요?"

"허허, 놀랬다면 미안하다. 나는 삼겹살 할아버지란다. 근데 너는 왜 여기에 온 거니?"

"저도 잘 모르겠어요. 눈을 떠보니 여기에 있었어요."

"아이고, 너도 보아하니 유통기한이 지난 모양이구나."

"네? 저 유통기한은 아직 한참이나 남았는데……."

"나도 사실 유통기한이 1년이나 지나서 여기에 버려졌단다."

삼겹살 할아버지의 말을 듣고는 스테이크는 자기가 왜 여기에 버려졌는지 알게 되었다. 삼겹살 할아버지가 스테이크를 불쌍하게 쳐다보며 말했다.

"지금 생각해 보면 지난 일이 너무 아쉽고 후회되는구나."

"네? 왜 그렇게 후회되는데요?"

"난 예전에 말이야. 친구들의 소중한 물건을 많이 가져갔거든. 그게 나쁜 짓인지도 생각 못 하고, 그저 내가 원하는 것을 빌려 가는 게 뭐가 나쁘냐고만 생각했지."

그 말을 듣고 스테이크는 그동안 했던 행동들이 창피했고 친구들에게 미안함이 느껴졌다. 괜히 욕심만 부리다가 버려진 자신의 신세가 한심스러웠다.

"스테이크야, 넌 어쩌다가 이렇게 되었니? 후회되는 일은 없어?"

"아. 그게, 저도 할아버지처럼 친구들의 소중한 것을 빼앗은 일이 있는데 사과도 못하고 이곳에 오게 되어서 너무 후회돼요. 그리고 지금 저의 모습도 유통기한이 지난 게 아니라 친구들의 물건을 빼앗은 욕심 때문에 제 모습이 이상해졌어요."

"그렇구나."

그런데 스테이크는 갑자기 위를 보더니 좋은 생각이 났다. 음식 쓰레기통의 위가 뻥 뚫려 있어서 어쩌면 나갈 수 있을지도 모른다는 기대가 생겼다. 스테이크가 할아버지의 손을 잡고 말했다.

"할아버지, 저희 여기서 나가요!"

"으잉? 무슨 수로?"

"이 비닐봉지는 종이처럼 얇아서 잡고 올라갈 수 있을 것 같아요! 저희 빨리 여기서 나가요!"

"허허! 그, 그러자꾸나."

스테이크는 할아버지를 도와드리며 위로 올라갔다. 정상에 다 왔을 때 스테이크는 기뻐했다.

"헉헉! 힘들구나."

"할아버지, 제 손 잡으세요. 이제 다 와 가요!"

삼겹살 할아버지와 스테이크는 드디어 쓰레기통 꼭대기에 다 왔다.

"할아버지, 이제 다 왔, 으악!"

그 순간 할아버지는 스테이크를 밖으로 밀치며 말했다.

"분명 난 밖에 나가봤자 또 외톨이가 될 거야. 차라리 여기서 사는 게 나아. 넌 원래 자리로 돌아가서 행복하게 살아라!"

스테이크는 울먹이며 할아버지와 작별 인사를 한 뒤, 채소 코너로 친구들을 만나러 갔다.

스테이크는 채소 코너로 가는 길에 거울이 있어 자신의 모습을 보았다.

'으! 그동안 쓰레기통에 있어서 내 몸이 더러워

졌네. 좀 씻고 가야겠다.'

　스테이크는 수도꼭지에서 자신의 몸을 씻고 친구들의 장식품까지 깨끗하게 씻어서 갔다. 몸을 깨끗하게 씻고, 음식 쓰레기통의 냄새를 말끔히 지운 스테이크는 다시 조심스럽게 원래 있던 자리로 가 보았다.

　'이제 완벽해! 친구들한테 가봐야지!'

　"어? 저기 스테이크 아니야?"

　토마토가 산책하던 중에 멀리서 오고 있는 스테이크를 보았다. 토마토는 냉큼 친구들에게 말했다.

　"얘들아, 저기 스테이크가 있어!"

　"뭐라고? 스테이크가 있다고?"

　스테이크는 힘들어하면서 뛰어오고 있었다.

　"헉헉! 힘들다."

　스테이크 눈앞에는 채소들이 모여 있었다.

　"너 뭐야! 우리 물건을 빼앗아 가더니 뻔뻔하게 다시 나타나?"

그때 삼겹살 할아버지의 말이 떠올라 스테이크는 용기를 내어 말했다.

"내가 미안해."

스테이크가 사과하자 채소 친구들은 놀라며 서로를 쳐다봤다.

"뭐, 뭐라고?"

"미안해. 내가 정말 미안해. 앞으로는 너희의 물건을 가져가지 않을게. 용서해 주지 않아도 어쩔 수 없지만, 그냥 내가 다 미안해."

스테이크는 울먹이며 채소들에게 사과했다. 그리고 빼앗아 갔던 물건의 주인을 찾아주고 돌려주었다. 채소들은 스테이크의 달라진 모습을 인정하고 사과를 받아주었다.

"그래, 정말 믿어도 되겠니? 앞으로는 다시 남의 물건을 빼앗아 가는 일이 없도록 해야 해. 그것만 지켜주면 우리도 너를 용서해 줄게."
토마토가 말하자 스테이크는 감동에 참았던 눈물이 터졌다.
"흑흑. 내가, 흑 정말, 흑흑, 미안해, 흐어어엉!"
그 모습에 채소들도 감동을 받아 다 같이 눈이 팅팅 부었을 정도로 한참을 울었다.

그리고 며칠이 지났다. 어느 날 마트 아주머니가 가져온 상자 안에서 베이컨이라는 고기가 새로 들어왔다.

"어? 넌 누구니? 안녕!"

가장 먼저 베이컨을 발견한 당근은 베이컨을 환영해 주었다.

"난 베이컨이라고 해."

당근이 채소들에게 베이컨이 새롭게 들어왔다는 사실을 알리고 모두 베이컨을 맞아주었다.

"베이컨아, 반가워!"

"……."

하지만 베이컨은 채소들과 어울려 놀려고 하지 않았다. 그런데 며칠 뒤, 베이컨은 밤에 일어나 아무도 모르게 브로콜리를 깨웠다.

"저기, 브로콜리야. 잠깐 나 좀 따라와 봐."

"어? 갑자기 왜?"

"그, 그냥 따라오라면 와!"

"어, 어. 알겠어."

그리고는 아무도 오지 않는 음료수 창고로 브로콜리를 데려왔다.

"여기엔 왜 불렀어?"

"그게 네 가발을 나한테 주면 좋을 것 같은데."

"뭐, 뭐? 안 돼! 너도 스테이크랑 똑같구나!"

"그냥 주면 될 것이지. 뭐가 그렇게 말이 많아!"

베이컨은 브로콜리의 가발을 함부로 빼앗으려고 했다.

"꺅! 이러지 마!"

베이컨의 손이 브로콜리의 머리로 가자 깜짝 놀란 브로콜리는 비명을 지르고 말았다.

"너도! 내 마음을 좀 알아야지!"

"헉! 이게 무슨 소리지? 창고 쪽에서 소리가 났는데?"

그때 잠을 자다 비명 소리를 들은 당근이 깜짝 놀라 소리가 들린 곳으로 확인하러 갔다. 거기에서 당근은 가발이 없어진 브로콜리가 울고 있는 모습을 보았다.

'뭐, 뭐지? 베이컨 아니야? 왜 남의 것을 빼앗는 거지?'

하지만 이번에는 용기를 내어 소리쳤다. 지난번 토마토가 당할 때처럼 모른 척하고 있지는 않겠다고 다짐했다.

"야! 베이컨. 너 뭐 하는 거야?"

"뭐, 뭐야? 여긴 어떻게 온 거지?"

"당근아, 나 좀 도와줘!"

"너, 당장 그거 안 돌려주면 채소들한테 다 말

할 거야."

"뭐? 네가 무슨 상관인데?"

하지만 베이컨은 무시하고 브로콜리의 가발을 돌려주지 않았다. 당근과 브로콜리는 채소 코너로 가서 이 사실을 다 말하였다.

"얘들아 사실 아까 브로콜리가 베이컨한테 가발을 빼앗겼어."

"뭐? 그게 정말이야?"

그때 스테이크가 다가와 말했다.

"내가 베이컨에게 말해 볼게."

그렇게 스테이크는 음료수 창고로 갔다. 갑자기 나타난 스테이크를 보고 베이컨은 깜짝 놀랐다.

"안녕? 베이컨아, 나는 스테이크라고 해."

"뭐야? 넌 왜 왔는데?"

"너 혹시 친구들 물건을 뺏었어?"

베이컨은 당황해하며 스테이크를 쳐다보았다.

"누가 그래?"

"괜찮아. 얼른 친구들한테 사과하러 가자."

"싫어! 채소들이 날 싫어하고 용서하지 않을 거야!"

"아니야. 채소들도 널 용서해 줄 거야. 사실은 나도 너와 같은 짓을 한 적이 있어. 그래서 친구들에게 큰 상처를 주었지. 지금은 그때의 내 모습이 얼마나 부끄러운지 몰라. 너도 나중에 후회하지 말고 얼른 사과하러 가자."

당황한 베이컨은 어리둥절했다.

"채소들이 정말 널 용서해 주었어?"

"당연하지! 예전에 토마토가 이사 왔을 때 토마토의 소중한 물건을 빼앗아 갔어. 친구들에게 관심을 받고 싶었거든. 그 뒤로 난 계속 다른 친구들의 물건을 빼앗았어. 그런데 생각해 보니 내 행동이 잘못되었다고 생각했지. 그래서 내가 친구들의 물건을 깨끗이 돌려주며 사과하니 친구들이 내 사과를 받아주며 다시 친해졌어!"

"정말이야?"

베이컨은 스테이크의 말을 듣고 자신을 행동이 부끄럽고 잘못되었다는 생각이 들어서 고개를 들지 못했다.

"그래. 나도 인정할게. 미안해."

"내가 아니라 다른 채소 친구들에게 사과하는 게 좋을 것 같아."

"그래. 그럼 채소 코너로 가자! 나도 용기를 내야겠구나."

"그래! 네가 사과하면 친구들이 용서할 거야."

 스테이크와 베이컨은 다 같이 채소 코너로 달려갔다.

"어? 베이컨과 스테이크가 이쪽으로 오고 있잖아? 친구들한테 말해야겠다!"

 버섯이 베이컨을 발견하고 친구들에게 말하러 갔다. 채소 코너에 도착한 스테이크와 베이컨은 채소들에게 미안하다는 표정으로 말했다.

"애들아 정말 미안해."

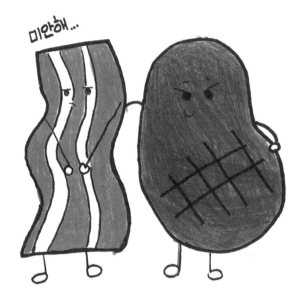

그러고는 채소들의 물건을 돌려주었다.

"괜찮아! 다음부터는 그러지 마."

"다시는 이런 일들이 일어나지 않았으면 좋겠다."

토마토가 말하자 다른 채소들과 고기도 고개를 끄덕였다. 그러고는 당근이 곰곰이 생각하며 말했다.

"스테이크야! 너는 우리 마트를 지켜주는 영웅

같아! 앞으로도 이런 일들이 생기지 않게 네가
마트를 지켜줘!"

"저, 정말이야? 알겠어! 최선을 다할게!"

친구들이 자신을 영웅이라며 좋아해 주자 스테
이크는 기분이 좋았다. 자신의 과거가 부끄러울
때도 있었지만, 이제는 정말 친구들을 위해 영
웅이 되어 보기로 마음먹었다. 그 뒤로는 마트
에서 친구의 물건을 함부로 빼앗거나 괴롭히는
녀석이 나타나면 스테이크가 지켜주었다.

강요는 나빠

# 강요는 나빠

어느 한 마을에 사자가 살았습니다. 이 사자는 동네에서 이기적이고 친구들에게 자꾸 강요하는 아이로 유명했습니다. 이기적으로 자기만 생각하는 사자 곁에는 친구들이 하나, 둘 떠나갔습니다. 그래도 양과 염소, 라마는 사자를 안타깝게 여겨 친구로 지내고 있었습니다.

어느 날, 심심한 사자는 친구 양을 집으로 초대하기로 했습니다.

"양을 초대해야지! 음, 양과 함께 무엇을 먹으면 좋을까?"

사자는 고민하다가 자신이 좋아하는 스테이크를 먹기로 했습니다. 그렇게 먹음직스러운 스테

이크를 준비하고 같이 먹을 생각에 신나 있었습
니다. 드디어 양이 사자의 집에 도착했습니다.

"사자야, 초대해 줘서 고마워!"
그러자 사자도 말했습니다.
"별말씀을 오히려 와줘서 고맙지!"
서로 인사하고 사자는 양에게 스테이크를 건네
주었습니다. 하지만 양은 먹지 못했습니다. 양

이 스테이크를 먹지 않자 사자가 물어보았습니다.

"왜 안 먹어? 이게 얼마나 맛있는데 빨리 먹어!"

사자가 소리쳤습니다. 그러자 놀란 양이 말했습니다.

"난 이거 못 먹는다고!"

양이 서운한 듯이 말했지만 사자는 듣지 않은 채 또 화를 내었습니다.

"내가 얼마나 힘들게 준비했는데 얼른 먹으라고!"

"못 먹는다고!"

"먹어!"

"못 먹어!"

사자가 자꾸 강요하자 화가 난 양은 구시렁대며 집을 나갔습니다.

"나 그냥 집에 갈래!"

양이 그렇게 떠나버리자 사자는 실망했습니다.

그래서 다음 날에는 염소를 초대해서 함께 즐거운 시간을 보내려고 했습니다.

"오늘은 염소와 불고기를 먹어야겠다."

　사자가 염소와 불고기를 먹을 것을 상상하며 염소를 기다렸습니다. 드디어 기다리던 염소가 왔습니다.

"사자야, 너의 집으로 초대해 줘서 고마워! 우리 오늘 재미있게 놀자!"

　그 말을 들은 사자는 기분 좋게 자신이 준비한 불고기를 염소와 자기 앞에 두었습니다. 그 순간 염소는 바로 기분이 나빠졌습니다. 왜냐하면 자신은 먹지 못하는 불고기가 있었기 때문입니다.

'엥? 얘 뭐야? 이왕 준비할 거면 둘 다 좋아하는 걸 준비하든가. 기대하고 왔는데 이게 뭐야!'

　염소는 속으로 생각했습니다.

"빨리 먹자. 얼른!"

사자가 말했습니다. 빨리 먹자는 사자를 보자

짜증이 난 염소는 화가 난 눈빛으로 사자를 째
려보았습니다.

"왜 그래?"

'얘가 몰라서 묻나?'

 사자가 물었지만 염소는 너무 화가 난 나머지
대답을 하지 않고 집으로 가버렸습니다. 사자는
자신이 정성스럽게 준비한 불고기를 먹지도 않
고 가버린 염소가 미웠습니다.


 그날 이후로 염소와 양은 보란 듯이 사자를 째
려보며 다녔습니다. 어느 날 양과 염소, 라마가
모였습니다.

"얘들아, 너희 사자 집에 가봤어?"

 염소가 물었습니다.

"응."

"아니."

 양은 가 보았다고 말했고, 라마는 아직 안 가봤
다고 말했습니다.

"아니, 내가 사자 집에 초대를 받았거든? 근데 걔가 날 초대하고는 자기가 좋아하는 스테이크를 준비해 놓은 거야!"

"뭐라고? 어떻게 그런 일이……."

양도 자신이 겪은 일을 말해주었습니다.

"아니 그러니까, 나도 갔었는데 불고기를 해줘서 그냥 안 먹고 나왔어! 우리는 안 먹은 게 아니라 못 먹는 건데, 왜 자기가 좋아하는 것만 강요하냐고!"

그 말을 들은 라마도 자기가 당한 것처럼 화가 났습니다. 이 일에 대한 소문은 돌고 돌아 사자의 귀에까지 들어갔습니다.

'아! 친구들이 그래서 음식을 먹지 않았구나. 내가 너무 내 생각만 했네…!'

사자는 이제야 알았다는 듯이 속으로 생각했습니다. 이 소식을 안 사자는 친구들이 무엇을 좋아하는지 연구하기로 했습니다. 그렇게 사자는 밤을 새며 쉽지 않은 연구를 했습니다.

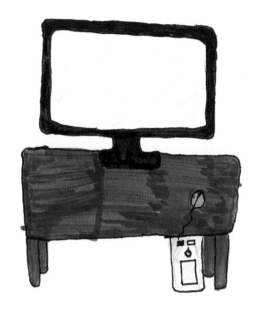

"아하! 친구들은 풀을 좋아하는구나! 그렇다면 내일은 라마를 초대해서 맛있는 음식을 해줘야 지!"

사자는 이번에는 꼭 잘하겠다며 내일을 준비했 습니다.

그리고 다음 날, 사자는 라마를 자신의 집으로 초대했습니다. 라마는 양과 염소처럼 자신도 기 분 나쁜 일을 당하진 않을지 걱정했지만, 사자의 초대를 거절하기 어려워서 가기로 했습니다.

라마가 사자의 집에 도착했습니다.

"라마야 어서 와. 일단 자리에 앉아봐."

"알았어."

사자는 라마한테 나물 비빔밥을 주고 자신은 육회 비빔밥을 준비했습니다.

"어머나! 내가 좋아하는 나물 비빔밥이구나. 맛있겠다! 사자야, 고마워."

"그래? 네가 좋다니 나도 좋아."

라마가 좋아하니 사자도 덩달아 신이 났습니다.

"하~ 배불러 사자야 덕분에 잘 먹었어!"

"나도 네가 잘 먹으니 기분이 좋은 걸!"

"그럼, 이제 갈게! 잘 먹고, 잘 놀았어!"

"응. 안녕!"

그렇게 초대를 받은 라마는 좋아하며 맛있게 먹고 갔습니다. 그 이후로 사자는 다른 친구들도 초대해 같이 먹고 놀며 지냈습니다. 하지만 양과 염소는 아직 초대를 못 했습니다.

그렇게 일주일이 지났습니다. 양과 염소 그리고 라마는 자기들끼리 잔치를 열었습니다. 그때 라마가 말했습니다.

"얘들아, 사실 나도 며칠 전에 사자한테 초대를 받았거든, 그런데 나한텐 나물 비빔밥을 줘서 맛있게 먹었는데 너희한테는 왜 그랬을까?"

그 말을 들은 양과 염소는 화가 났고 사자를 참교육 시켜주기로 했습니다. 그렇게 잔치에 풀만 준비하고는 사자를 기다렸습니다. 드디어 사자가 왔고, 사자는 잔칫상을 보고 화가 났습니다. 그 사이 양과 염소 그리고 라마는 마음껏 먹었습니다. 화가 난 사자는 양과 염소, 라마에게 말을 걸어 보았습니다.

"애들아, 왜 내 음식은 준비 안 했어?"

그러자 양과 염소는 차분히 이야기를 이어갔습니다.

"사실 네가 우리한테는 맛없는 고기만 주고 라마한텐 맛있는 나물을 주어서 화나서 그랬어."

"아! 그땐 정말 몰랐어. 너희가 고기를 먹지 못한다는 걸 그 뒤에 알았거든. 정말이야 일부러 그런 게 아니었어. 미안해."

사자가 어쩔 줄 몰라 하는 모습을 보며 양과 염소, 라마는 살며시 웃었습니다. 그러고는 사자를 보며 말했습니다.

"그럼 이제 네 생각만 강요하지 말고, 친구의 마음을 먼저 헤아려 줄 수 있겠니?"

"그럼 그럼, 약속해!"

사자가 약속했습니다. 그러자 양, 염소, 라마가 다 같이 소리쳤습니다.

"짜잔! 서프라이즈! 지금까지 몰래 카메라였습
니다!"

그러자 놀란 사자가 말했습니다.

"그럼 내 사과 받아준 거야?"

"그럼!"

"자! 그럼 준비한 걸 꺼내 볼까?"

양이 말했고, 라마는 음식을 가지러 갔습니다.

라마가 음식을 가지고 오자 염소가 말했습니다.

"자 이건 네 음식이야. 맛있게 먹어."

친구들은 사자가 먹을 고기를 내놓았습니다.

사자는 얼굴이 활짝 밝아졌어요.

"고마워 얘들아."

"그럼, 다 같이 짠할까?"

"그래!"

"하나, 둘, 셋! 짠!"

"우리 이제 먹자!"

"정말 맛있어."

사자가 음식을 먹으며 말했어요.

"다음에는 우리 다 같이 마라탕 먹자!"

"좋아!"

라마가 말하자 그에 맞춰 사자, 염소, 양이 대답했어요.

며칠 뒤, 마라탕집 앞에서 친구들이 만났어요.

"얘들아, 우리 맛있게 먹자."

염소가 말했고 친구들은 다 같이 마라탕집에 들어갔어요. 사자는 햄, 고기, 소시지 등의 육류만 담았고, 라마, 양, 염소는 알배추, 청경채, 숙주 등 채소류를 담았어요. 사자는 맛있게 먹으며 생각했어요.

'친구들아, 이제부터는 내 생각만 강요 안 할게!'

짝 잃은 양말의 운명

# 짝 잃은 양말의 운명

 새로 생긴 옷 가게에는 아주 예쁜 옷들이 가득
했다. 친절한 사장님에 예쁜 옷이 많았고, 심지
어 가격까지 저렴해 아주 인기가 많고 손님도
많았다. 그 옷 가게에서 가장 인기 많은 옷은 후
드티, 반팔, 긴팔, 반바지였다.
 어느 날, 옷 가게에서 후드티, 반팔, 긴팔, 반바
지가 신나게 이야기를 나누고 있는데, 양말 세
트 재고가 새로 들어왔다. 그런데 양말 세트 중
짝이 없는 양말이 하나 있었다. 옷 가게에서 제
일 잘 나가던 후드티가 양말 한 짝을 비웃으며
쳐다보았다.

"야, 너 양말 한 짝 어디 갔어?"

양말 한 짝이 울상이 되어 말했다.

"나도 몰라. 어떤 사람이 가져갔어. 근데, 넌 누구야?"

후드티가 무시하고 피식 웃으며 말했다.

"어디서 주인도 없고, 양말 같지도 않은 게 들어와서는 가게 망신을 시키려고 그래?"

"미, 미안해. 아니 근데⋯⋯."

후드티가 양말의 말을 끊으며 얘기했다.

"아 진짜 사장님은 왜 저런 애를 가지고 오셨
지?"

후드티가 성질을 부리며 말하자, 양말 한 짝은
무뚝뚝히 고개를 숙이고만 있었다.

후드티는 그런 양말 한 짝을 가만두지 않고 계
속 비아냥대며 놀렸다.

"애들아 어디서 더러운 냄새가 나지 않아?"

후드티 옆에 있던 반바지가 말했다.

"쿵쿵! 하긴 어디서 양말 썩은 냄새가 나는 것 같기도 하고."

뒤에 있던 반팔도 비웃으며 말했다.

"양말 쪽에서 나는 것 같기도?"

양말 한 짝의 눈에 눈물이 맺혔다. 그걸 알고 후드티는 반팔, 긴팔, 반바지를 모아서 말했다.

"우리가 거짓말을 한 것도 아닌데 왜 울고 난리야? 저런 애 진짜 질색이야."

"맞아, 완전 울보네 울보."

친구들은 양말 한 짝에게 울보라고 놀려댔다. 양말 한 짝에게 퍼부어 대는 말은 거기서 그치지 않았다.

"그러니까. 우리랑 얼마나 차이 나는데. 우는 것도, 안 우는 것도 품격 떨어지니까 쟤랑 말하는 게 싫다."

옷 가게 친구들은 양말 한 짝을 두고 모두 안 좋은 소리를 했다. 옷 가게 친구들은 제일 잘나가는 후드티에게 단지 잘 보이고 싶어서 양말 한 짝 더 많이 괴롭히는 것도 있었다. 후드티가 일부러 양말 한 짝이 들리게 얘기했다.

"그치? 역시! 양말이 제일 별로야. 어떻게 못생긴 저 양말을 신어?"

"그러니까 저 못생긴 양말을 누가 신지?"

그 후 다시 후드티가 양말 한 짝에게 가서 말했다.

"근데 네 나머지 양말 한 짝 들고 간 사람도 좀 불쌍하다. 어떻게 하면 이렇게 못생기고 더러운 양말을 가지고 갔을까? 쯧쯧."

뒤이어 친구들이 맞장구를 쳤다.

"맞아. 얘들아, 더러운 냄새 나니까 우리는 딴 데로 가자."

그러자 친구들이 천천히 양말 쪽을 지나가며 귓속말로 수군수군 얘기했다.

"어우 창피해. 우리 옷 가게 수준이 쟤 때문에 확 떨어지겠어. 그냥 우리끼리만 놀자."

"얘들아, 우리 양말 한 짝이랑은 놀지 말자."
후드티를 중심으로 친구들은 양말 한 짝을 무시
하고 따돌리기 시작했다.
"어차피 자기들끼리만 놀았으면서. 쳇!"
양말 한 짝은 안 들리고 아무렇지 않은 척했지
만, 마음속은 거의 눈까지 빨개진 속상한 양말
한 짝이 되었다.

그러던 어느 날, 옷 가게에 새 양말이 들어왔다. 그런데 이번에도 짝 잃은 양말 한 짝이 왔다. 직원이 그 양말을 집어서 후드티 쪽에 놓았다. 그걸 본 후드티가 말했다.

"너도 쟤처럼 버려졌지? 맞지?"

새로 들어온 양말 한 짝이 쓸쓸해하며 말했다.

"어? 어, 맞아."

이번에도 친구들이 못마땅한 표정으로 말했다.

"왜 양말들은 다 못생기고 더러울까? 큭큭!"

"그러니까. 이번에 온 애들도 꽝이다. 어떻게 마음에 안 드는 애들만 와? 이러다 우리 옷 가게 손님 다 떨어지겠어."

순간 새로 들어온 양말은 친구들의 분위기를 눈치챈 것 같았다. 결국 새로 들어온 양말 한 짝도 똑같이 따돌림을 당했다.

새로 들어온 양말이 말했다.

"난 잘못이 없는데. 난 그저 새로 들어와서 친구들과 친하게 지내고 싶었는데……."

긴팔이 새로 들어온 양말을 따라 하며 말했다.

"나는 잘못이 없는데, 뭐가 잘못이 없니? 너는 그냥 그렇게 생긴 것부터 잘못이야!"

새로 온 양말 한 짝도 친구들 앞에서 고개를 들 수 없었다. 어둡고 우울한 날들이 계속되었다.

"띠링!"

며칠이 지나고, 북적이는 사람들 속에 문을 열고 손님이 들어왔다. 그 손님은 양말들 쪽으로 먼저 다가갔다.

"어머! 요즘엔 이런 양말도 나오나 봐요. 신기하다."

그 말을 들은 친구들이 비웃으며 말했다.

"저 사람도 아나 봐. 그럼, 보는 눈이 있지 딱

봐도 구리구리한 양말이잖아."

하지만 친구들이 예상과 달리 손님은 양말 한 짝을 보며 아주 기뻐했다. 손님이 손뼉을 치며 기쁘게 말했다.

"이런 스타일 좋네요! 한 짝씩 신으면 예쁘겠어요. 근데 제가 지금 당장 돈이 이만큼 없어서. 다음에 와서 살게요! 너무 아쉽네요."

친구들은 못 믿겠다는 둥 고개를 갸웃거렸다.

"어이없어. 저 지저분한 게 왜 인기가 있지?"

"그러게?"

양말 한 짝들은 친구들의 시선이 신경 쓰였지만, 내심 뿌듯하기도 했다.

"쟤들이 들었겠지?"

옷 가게 옷들이 기분 나쁜 투로 양말 한 짝들을 보며 수군거렸다.

"크흠 저 손님은 보는 눈이 없나 봐."

수군대는 친구들의 말에 속상했지만, 양말 한 짝은 서로 위로해 주었다.

"속상하지? 그래도 조금만 참아. 쟤들은 결국 그 대가를 치르게 될 거야. 우린 언젠가 빛날 거라고."

"띠링!"

또다시 문을 열고 이번엔 몸에 빛나는 옷을 두른 화려한 손님과 뒤따라 검정 양복을 입은 사람들이 들어왔다. 왠지 모르게 문 열리는 소리도 귀에 쏙 들어오고, 그 사람들한테로 눈길이 쏠렸다. 그때 빛나는 옷을 두른 사람이 양말 한 짝을 보았다. 양말 한 짝들이 말했다.

"누구지?"

후드티가 떨리는 목소리로 말했다.

"너 몰라? 오조아잖아. 엄청 유명한 모델이야. 그것도 모르니 바보야?"

오조아는 우리나라 최고의 모델로 인기를 끌고 있는 사람이었다. 무엇이든 오조아가 방송에서 한 번 입은 옷은 그날로 전국적으로 유행을 했고, 모든 물건은 완판되어 구하기 어려울 정도였다. 그런 오조아가 옷 가게를 찾았으니, 점원의 눈이 커지며 동글해졌다. 모든 옷들도 서로 오조아의 눈에 띄어 보려고 애썼다.

오조아가 양말 한 짝을 보고는 말했다.

"음. 이 양말 한 짝씩 있는 거 좋네. 이거 두 개 같이 신으면 멋있겠어. 이때까지 본 것 중에 최고야."

검정 양복을 입은 사람이 말했다. 아마 오조아의 매니저인 것 같았다.

"저, 정말 이 양말을 신을 건가요?"

검정 양복을 입은 사람이 이런 상황은 처음인지 당황했다. 하지만 오조아가 정말 마음에 드는 표정으로 말했다.

"음. 그렇고말고. 이 중에서 제일 맘에 들어. 이 양말로 패션의 세계를 끝낼 수 있을 것 같아. 며칠 내로 우리나라에 짝짝이 양말 패션이 유행할 거야!"

　오조아는 후드티, 반바지, 긴팔, 반팔을 보고도 별다른 느낌 없이 말했다. 오조아의 관심은 오로지 양말 한 짝에 쏠렸다.

"요즘 이 가게는 후드티, 반팔, 긴팔, 반바지는 양말만큼은 안 되는 것 같은데요?"

　그러자 직원이 맞장구쳤다.

"그러게요. 재고를 다시 채워야겠어요."

　친구들은 또 뜨끔했다. 오조아의 말을 들은 친구들은 좌절하고 말았다.

"우리가 저 양말 한 짝들에게도 못 따라간다고?"

"말도 안 돼."

그렇게 오조아가 양말 한 짝들을 샀고, 양말들은 오조아를 따라갔다.


며칠 뒤, 텔레비전에는 오조아가 화려한 차림으로 방송에 나왔다.

"어! 얘들아, 저 사람 그 사람 아니야?"

"그러니까 설마 저렇게 유명한 모델이 못생긴 걔네를 신지는 않았겠지?"

"에이! 설마."

가게 안에 있는 사람들의 눈길이 텔레비전으로 쏠렸다. 다들 화면으로 레이저를 쏘고 있었다. 아나운서가 말하는 소리가 들렸다. 가게 사장님도 텔레비전 소리를 올리고 집중하며 보았다.

"오! 오조아씨! 오늘 패션이 멋진데 양말이 더 돋보이는군요! 정말 눈에 확 띄어요."


모델인 오조아가 자랑스럽다는 듯이 말했다.

"이 양말들은 제가 한 번씩 가는 옷 가게에서
샀는데 바로 눈에 띄었어요! 사실 옷 가게 제일
구석에서 관심 받지 못하는 물건이었는데, 제
눈에는 아주 아름답게 보였어요. 최근에 본 양
말 중에 제일 최고였어요! 더 좋은 건 제가 이
양말을 아주 저렴한 가격에 샀다는 거예요!"

화면에서는 사람들이 오조아의 양말을 보며 웅

성거리고 있었다. 오조아의 발에는 짝 잃은 양
말 한 짝들이 각각 신겨져 있었다.

"오! 되게 멋지다! 나도 저 양말들을 신어 보고
싶어!"

반팔, 후드티, 긴팔, 반바지는 티비 속 양말들
을 보더니 부러웠다. 또 양말 한 짝에게 잘못한
일들이 후회되었다.

그 일이 있은 뒤로 짝짝이 양말은 온 나라에 유
행이 되었다. 방송이 나간 뒤에, 옷 가게에는 손
님들이 더 몰려왔다. 이 옷 가게에서 파는 짝짝
이 양말이 입소문을 타고 유명해졌기 때문이다.

"여기엔 후드티, 반팔 등 반반씩 있는 거 없나
요? 여기에 있는 옷들이 반반이 아니어서……."

사장님이 말했다.

"여긴 양말만 한 짝씩 있는데요?"

손님도 좋다는 둥 사장님께 얘기했다.

"오! 그렇군요. 양말들 한 짝씩 있는 것도 좋은
것 같아요!"

사장님과 직원이 신나서 말했다.

"버려진 양말 한 짝이 이렇게 인기를 끌다니. 우리 가게가 완전히 살아났어!"

사장님과 직원은 양말들을 홍보하러 갔다.

"양말 사세요! 예쁜 양말들이 짝짝이로 많습니다!"

직원이 귓속말로 말했다.

"사장님 저희 대박 났어요!"

짝짝이 양말이 인기를 얻을 때마다 후드티는 너무나 서러웠다. 이젠 이 옷 가게에서 아무도 후드티를 찾지 않았다. 후드티와 친구들은 그제야 양말 한 짝들을 놀리고 따돌렸던 자신의 행동이 부끄러웠다. 지금이라도 양말들에게 가서 반성하고 사과하고 싶었다. 만약 그럴 기회가 온다면.

도깨비의 얼굴 바꾸기

# 도깨비의 얼굴 바꾸기

 저 하늘 위에는 귀신 세상이 있다. 귀신들의 세상에도 나름의 규칙과 질서가 있다. 대부분의 귀신들은 지켜야 할 건 지키고, 해야 할 건 반드시 하고, 하지 말아야 할 건 절대 하지 않는다. 물론 그렇지 않은 귀신도 있겠지만.

 귀신 세상에는 말썽꾸러기 귀신 아이들이 다니는 귀신 학교가 있었다. 귀신 학교에도 선생님 말씀 잘 듣는 귀신, 공부 열심히 잘하는 귀신, 규칙 잘 지키는 귀신, 친구를 잘 도와주는 귀신들이 있다. 하지만 역시 그중에는 말썽꾸러기도 있는데, 도깨비는 귀신 학교를 대표하는 말썽꾸러기다. 도깨비의 말썽은 정말 귀신 세상이 어지러울 정도로 골칫덩어리였다. 그럼 도깨비가 어떤 말썽을 부리는지 한번 알아보자.

[도깨비의 얼굴, 하나]

도깨비는 자신이 힘이 세다는 이유로 친구들에게 막말을 하고 다녔다. 그중에서도 특히 측신, 야광귀, 달걀귀신을 집중적으로 괴롭혔다. 그 세 명은 속상했지만 서로서로 의지하며 버텨왔다.

"도깨비는 왜 이렇게 우리를 괴롭힐까?"

"그러게 말이야 우리가 뭘 잘못했다고 그럴까?"

친구들은 도깨비를 생각하면 한숨이 저절로 나왔다. 그러다가 달걀귀신이 생각난 것이 있어 말했다.

"너희들 그 단톡방 봤어?"

"그래 봤어. 도깨비는 왜 단톡방을 만든 거지?"

어느 날 갑자기 도깨비가 단톡방을 만들어 친

구들을 초대했다. 처음에 친구들은 재미있겠다는 생각에 단톡방에 입장을 했다. 하지만 단톡방은 곧 도깨비가 친구들을 비난하는 말과 욕설로 가득찼다.

친구들은 수많은 상처를 받았지만 꾹꾹 눌러 참았다.

도깨비

얼굴도 없는 달걀귀신 진짜 못생겼다.
달걀귀신 얼굴을 삶아 먹으면 참 맛있겠다.

**도깨비**

야야 야광귀, 너 신발도둑이라며? 어디 할 일이 없어 냄새 나는 신발을 훔치고 다녀? 확 경찰에 신고해 버릴까? 하하하!

**도깨비**

야, 측신! 넌 화장실에서 살지? 어딘가 똥냄새가 난다 했더니. 똥냄새의 원인이 너 였구나? 웩 더러운 녀석! 너 앞으로 내 근처에 오지 마! ㅋㅋㅋ!

　도깨비는 단톡방에서 행패 또는 막말을 장난을 가장해 막 해대고 있었다. 자기는 장난이라고 웃지만 당하는 친구들은 절대 장난이 아니었다. 화가 난 친구들은 옥황 교장선생님께 익명의 우체통 민원을 넣었다.

　다음 날, 친구들의 민원을 본 옥황 교장선생님은 도깨비를 불렀다.

"도깨비야 네가 친구들을 괴롭혔다며? 달걀귀신, 측신, 야광귀가 민원을 넣었어."

"네? 그 녀석들이요? 제가 뭘 잘못했다고 그러세요?"

옥황 교장선생님은 도깨비의 태도를 보고 확실히 알 수 있었다. 옥황 교장선생님은 도깨비의 버릇을 고쳐줘야겠다고 생각했다.

"그래? 넌 아무 잘못도 없단 말이지? 알았어, 그럼 일단 돌아가거라."

도깨비는 옥황 교장선생님에게 혼나지 않아서 기쁜 마음으로 교실로 갔다.

그날 밤, 옥황 교장선생님은 확인 차 아이들의 단톡방에 몰래 들어가 보았다.

도깨비

야, 톡톡페이로 100만원. 너희들은 누구니? 야, 너희들도 돈 내놔 10만원 당장!

저… 도깨비야. 나는 돈이 없는데?

 야, 그만해.

야광귀

 그래. 그렇게 하면 사이버폭력이야.

측신

 야! 너희들 내가 알아서 할 건데 왜 끼어들어?

도깨비

 아. 그, 그게 아니고...

야광귀

다음 날 학교에서.

'드르륵'

문이 열리는 소리가 들렸다. 애들이 쳐다보았

다. 조용했다. 선생님이었다.

"얘들아, 핸드폰 끄고 수업을 준비하렴.

아! 그리고 도깨비는 교장실로. 옥황 교장선생님께서 오라고 하셨다."

모두 도깨비를 쳐다보았다. 다들 도깨비를 보면서 소곤 소곤거렸다. 도깨비는 무슨 일인지 알고 있었다.

도깨비는 교장실로 가는 것이 익숙했지만 이번만큼은 긴장이 되었다. 긴 복도가 흔들리는 것 같았다. 그렇게 가다가 쓰러져버렸다.

깨비를 쳐다보고 있었다. 그리고 가만히 말했다.

"이 상황과 맞는 말은 아니지만 도깨비야, 네가 무슨 잘못을 했는지 말해 보거라."

옥황 교장선생님의 단호한 말투에 도깨비는 사실대로 말하였다.

"단톡방에서 막말을 하고 다녔다는 것이 잘못되었어요."

"그래. 다시는 안 할 거니?"

"네. 그럴게요."

하지만 도깨비의 반성과 옥황 교장선생님께 한 말은 모두 거짓이었고, 머릿속에는 반성이라곤 눈곱만큼도 없었다. 도깨비는 홀가분한 마음으로 다시 교실로 돌아왔다.

[도깨비의 얼굴, 둘]

먹구름이 가득한 어느 날, 삼신 선생님이 문을 열며 들어왔다.

"여러분 내일은 글쓰기 대회가 있어요. 주제는 자기가 가장 기억에 남거나 가장 좋아하는 음식의 특징을 살리면서 쓰면 돼요. 할 수 있겠죠?"

"네!"

아이들은 힘찬 목소리로 대답했다. 단 도깨비만 빼고.

그날 저녁, 도깨비는 집에서 인터넷을 열었다. 도깨비는 글쓰기를 어떻게 하면 좋을지를 찾았다. 그러다가 도깨비의 눈을 사로잡는 글을 보았다. 도깨비는 잽싸게 캡처를 해 자기 공책에 따라 적었다.

다음 날, 도깨비는 공책에 있는 종이를 찢었다. 그러고는 곧게 접어 주머니에 넣었다.

"학교 다녀오겠습니다!"

"응, 잘 다녀오렴!"

도깨비는 헐레벌떡 뛰어 학교로 향했다. 학교에 바로 도착하자마자 도깨비는 쿵쿵 거리며 자리에 앉았다. 반 아이들은 도깨비가 또 어떤 장난을 할까 무서웠지만 꾹꾹 참았다.

"얘들아 앉아라! 이제부터 대회 시작한다! 연필, 지우개 빼고 다 집어넣어."

아이들은 재빨리 넣었지만 도깨비는 슬금슬금 그 종이를 주먹 안으로 숨겼다.

"종이를 받으면 학년, 반, 번호, 이름부터 쓰세요. 자기가 생각한 대로 글쓰기를 시작하면 됩니다."

곧이어 아이들이 연필로 쓰는 소리가 들렸다. 도깨비의 귀 속으로 아이들의 연필 소리가 딱딱 들려왔다. 도깨비는 선생님의 눈치를 살피며 종이를 꺼내 그대로 베껴 적기 시작했다. 도깨비의 글이 재빠르게 완성되었다.

"뒤에서부터 걷어 오세요."

도깨비는 만족스러운 표정으로 냈다. 며칠 후, 글쓰기 대회 결과를 발표하는 날. 반 아이들은 두근두근 떨리는 심장을 부여잡고 결과만을 기다리고 있었다.

"최우수상의 주인공은 도깨비! 축하해! 여기 상장이랑 10만원의 상금이야."

도깨비는 어리둥절했지만 당당하게 앞으로 나가 상장과 상금을 받았다. 하지만 아이들은 어색한 환호 소리와 힘이 없는 박수 소리로 축하를 해주었다.

그날 저녁, 단톡방에서 놀라운 일이 일어났다.

**도깨비**
야! 너희들 왜 그런 식으로 축하 하냐? 내가 상 받은 게 그렇게 배 아프냐?

**야광귀**
도깨비 이거 뭐야? 너 이런 귀신이었냐? 내가 찾아봤는데 도깨비가 쓴 글과 똑같은 글이 인터넷에 있었어.

**측신**
뭐? 너 진짜 어처구니가 없다. 어떻게 인터넷에서 베낀 글을 자기 것처럼 대회에 낼 수 있어? 내일 삼신 선생님한테 다 말할 거야!"

순식간에 단톡방은 아수라장이 되었다. 도깨비
는 떨린 손을 부여잡았다.

도깨비

아니야! 야. 내가 너희들 가만 두지 않
을 거야!

그 다음날, 교실은 얼음장처럼 차가웠다. 삼신
선생님은 얼굴이 굳어있었다.
"도깨비는 선생님 따라오세요."
"네"
"여러분들은 책 읽고 계세요."
아이들은 헐레벌떡 책을 꺼내 읽었다. 그 시각
복도에서는 조용한 대화가 이어져가는 것 같았
다.
"도깨비, 이게 맞다고 생각하니?"
"아니요. 정말 죄송해요. 너무 1등을 하고 싶은
욕심 때문에 그랬어요. 정말 죄송해요."
"네가 받은 상장이랑 상금은 돌려주렴. 그리고

이번 주는 1시간씩 봉사하고 가렴.”
“네.”

 도깨비의 어깨는 누군가가 앉은 것처럼 축 내려가 있었다. 도깨비는 부끄러워 도저히 고개를 들 수 없었다. 그날 하루 종일 도깨비는 교실에서 아무 말도 못하고, 아이들 곁으로 가지도, 아

무도 도깨비에게로 오지도 않았다.

[도깨비의 얼굴, 셋]
　어느 날은 갑자기 단톡방이 시끄러워졌다. 역시나 도깨비 때문이었다.

도깨비

너희들 그거 알아? 달걀귀신 처녀귀신 이랑 사귄데!

측신

하지만 둘이 전에 싸운 적이 있잖아. 그 뒤로 서로 가까이 하지도 않던데?

도깨비

아니야! 둘이 8시에 귀신 카페에서 꽁냥거렸어! 또 그거 알아? 야광귀 춤추다가 바지 찢어졌대ㅋㅋㅋ!

야광귀

뭐라고? 나 춤춘 적 없는데?

도깨비는 어디서 근거도 없는 이상한 거짓 소문을 단톡방에 마구 올렸다. 그걸 보는 아이들은 재미있다고 웃기도 했지만, 당한 귀신들은 화가 나고 기분이 나빴다. 도깨비는 이런 헛소문을 귀신들에게 퍼트려 다른 귀신들에게 폐를 끼친 적이 한두 번이 아니었다. 그중에서도 달걀귀신, 측신, 야광귀에 대한 헛소문을 제일 많이 퍼트렸다.

그 세 귀신은 도깨비의 그런 점 때문에 하루하루가 힘들었고, 귀신 학교에 가고 싶지 않았다.

하루는 측신이 용기를 내어 도깨비에게 진지하게 말했다.

"야, 도깨비. 저번에 나 흉본 거 사과해!"

"근데 맞잖아! 너 전에 전교 꼴찌 한 거. 내가 뭐 틀린 말이라도 했어?"

도깨비는 사과는커녕 측신을 더욱 놀리며 화나게 만들었다. 다른 귀신들이 부탁해도, 심지어 옥황 교장선생님께 혼나고 나서도 뉘우칠 생각을 전혀 하지 않았다. 오히려 놀리는 횟수가 더욱 늘어났다.

이런 일이 계속해서 반복되고 해결되지 않아져서 귀신들은 도깨비의 메시지를 무시하기로 했다. 모두 도깨비가 어떤 헛소문을 퍼트려도 아무도 신경 쓰지 않았다. 도깨비가 헛소문을 퍼트릴수록 단톡방에서 아이들은 점점 줄어들었다. 그러다가 결국 모두 다 떠나고 단톡방에는 도깨비 혼자 남게 되었다.

이제는 단톡방에서도, 학교 교실에서도 도깨비 근처에는 아무도 가지 않았다. 도깨비는 그렇게 점점 친구와 멀어져 혼자 지내게 되었다.

[도깨비의 얼굴은 과연 바뀔까?]

그런 일들이 있은 뒤, 도깨비는 점점 교실에서 제일 조용한 아이가 되고 있었다. 아이들은 여전히 도깨비를 무서워 하였지만 최대한 도깨비를 피하려고 했다. 또 언제 도깨비가 자신을 괴롭히고 험담할지 모르기 때문이었다.

도깨비는 이러면 안 되겠다는 생각이 들었다. 언제까지 친구도 없이 혼자 지낼 수는 없었다. 도깨비는 자기가 가장 아끼는 헐크 그림 공책을 꺼냈다. 도깨비는 잠시 동안 깊은 생각에 빠져 있었다. 그러고는 연필을 들어 쓱쓱 적었다. 공책에는 이런 글씨가 적혀있었다.

**"친구들이랑 친해지려면 어떻게 해야 하지?"**

도깨비는 큰 고민에 빠졌다. 어느새 돌아보니 자기 주위에 친구가 아무도 없어지자 빈 방에 혼자 갇힌 것 같은 느낌이 들었다. 그날 도깨비는 자신이 잘못한 것을 진심으로 뉘우쳤다. 그래서 큰 용기를 내어 교실 앞에 서서 친구들에게 말했다.

"애들아, 나 지금까지의 행동이 심했어. 정말 미안해. 나의 사과를 받아줄 수 있겠니? 난 어제 반성을 다 했어. 날 믿어 줄 수 있니? 너희가 날 용서해 주면 정말 착한 도깨비가 되도록 노력할게."

친구들은 귀를 의심했다. 어떤 친구는 도깨비를 여전히 의심했고, 또 어떤 친구는 도깨비가 불쌍해 보여서 도깨비의 말을 믿고 싶었다. 그때 누군가 말을 꺼냈다.

"도깨비가 이렇게 사과하니 우리도 마음을 열자."

"그래, 도깨비에게 기회를 한 번 주면 어떨까?"

측신, 야광귀, 달걀귀신이 말했다. 다른 아이들도 마음을 열고 도깨비에게 한 번 더 기회를 주기로 했다.

그런데 달걀귀신이 가만히 생각해 보니 무언가 의심스러운 점이 있었다. 그래서 아이들에게 크게 말했다.

"근데 말이야. 도깨비가 진짜 진심인지 아닌지 어떻게 아냐? 저 말이 장난일 수도 있잖아?"

"그럴 수도 있지?"

다시 친구들이 웅성거리니까 도깨비는 당황스럽고 겁이 났다.

도깨비는 다시 한 번 용기를 내어 말했다.

"너희들 마음 이해해. 내가 그동안 얼마나 잘못을 많이 했으면 아직도 나를 못 믿겠니? 모두 내 잘못이야. 하지만 이번엔 정말 나에게 한 번만 기회를 주면 안 되겠니? 내가 정말 내 모습을 바꾸려고 노력을 많이 할게."

도깨비는 간절하게 손을 모아 친구들에게 부탁했다. 친구들은 도깨비의 마음을 느낄 수 있었다.

"그래, 이번 한 번만 기회를 주자."

"맞아. 도깨비가 정말 마음이 바뀌었는지 살펴보고, 만약 다시 우리에게 나쁜 짓을 한다면 그 때는 정말 모른 척 할 거야."

아이들이 도깨비에게 기회를 주기로 했다. 도깨비는 그제 서야 웃으며 아이들 곁으로 다가갔다.

과연 도깨비의 약속이 진짜일까?

외모가 뭐가 중요해?

# 외모가 뭐가 중요해?

 햇빛이 쨍쨍하던 어느 날, 한 농부가 열심히 키운 감자를 캐려고 감돌이밭으로 갔다. 농부는 감자가 얼마나 잘 익었나 기대하며 땅을 파기 시작했다. 힘들어도 토실토실한 감자가 보일 때마다 농부는 힘을 내어 감자를 캤다.

 "아이고 힘들어라, 허리도 쑤시고. 어? 이게 뭐지? 웬 못난 감자가?"

 한참 동안 힘들게 감자를 캐다 보니 이상하게 생긴 감자가 나왔다. 작기도 작았지만 비뚤비뚤, 울퉁불퉁 정말 못생긴 감자였다.

 "아이고, 맛없게 생겼네. 모양도 삐뚤삐뚤하고 이걸 누가 사겠어? 그냥 버려야겠구나."

농부는 못생긴 감자를 바구니에 담지 않고 밭
가에 던져버렸다.

"아깝지만 어쩔 수 없지."

　농부가 자신을 던져 버리자 감자는 덜컥 겁이
났다.

"뭐? 나를 버린다고? 어떡하지?"

　그때, 옆에 있던 고구마가 비웃으며 말했다.

"야, 못생긴 감자. 딱 봐도 그럴 줄 알았다. 주
인한테 버림 이나 받고. 큭큭!"

"정말이야? 그러니 누가 그렇게 못생기게 태어
나랬니? 호호호!"

　밭 한쪽에 있던 파도 비웃으며 말했다.

"감자야, 정말 안 됐어. 못생겨서 어떻게 살아
갈래? 주인한테 버려지고 크큭."

　호박은 위로하는 척하며 오히려 기분 나쁘게
놀리고 있었다.

"우웩! 쟤 똥 냄새 나. 감자 냄새 맞아? 크크!"

"얘들아, 쟤 옆에는 가지도 마. 못생긴 게 전염

될지도 몰라."

　양파와 고구마와 호박이 계속 놀렸다. 감자는
더 이상 이 밭에 있고 싶지 않았다. 그래서 다짐
했다.

　"그래, 어차피 버려질 바에 차라리 내가 떠난
다. 분명히 말하지만, 난 버려진 게 아니라 내가
떠난 거야!"

다음 날.

감자는 자신을 키워준 감돌이밭을 떠나 여행을 떠났다. 비록 못생긴 모습이지만 자기를 키워준 흙에게 고마운 마음을 전했다.

"밭 흙아, 안녕! 그동안 나를 키워주어서 고마워. 내가 떠나는 게 네 잘못은 아니겠지. 다시 돌아올 날이 있을지는 몰라도 그땐 즐겁게 지내보자."

감자는 그대로 길을 떠났다. 햇볕이 내리쬐는 산길을 따라 구불구불 이어지는 길을 한참이나 굴러갔다.

"헉헉, 아이 힘들어. 그래도 조금만 더 가 보자."

못난 감자는 땀을 뻘뻘 흘리며 길을 걸었다. 그렇게 한참을 가니 예쁜 채소밭이 보였다. 못난 감자는 이 채소밭에는 어떤 친구들이 있는지 살피며 안으로 들어가 보았다.

"우아 이렇게 채소밭이 아름다울 수가!"

감자가 아름다운 채소밭을 보고는 놀라서 말했
다. 그 채소밭에는 상추, 오이, 토마토 등의 채
소들이 옹기종기 모여 사이좋게 자라고 있었다.

"어! 넌 누구야? 처음 보는 친군데?"

상추와 오이가 말했다.

"아, 안녕? 감자 중에서는 좀 못생겼지만 난 감
자야. 지나가다가 밭이 하도 예뻐서 들어와 봤
어. 만나서 반가워."

상추와 오이가 반겨주자 감자도 기쁘게 말했
다.

"그래, 반가워. 난 상추야."

"난 오이야. 나도 반가워."

상추와 오이가 인사를 나누고는 갑자기 누군가
를 불렀다.

"대장님, 대장님!"

토마토 대장이 나타났다. 토마토 대장은 감자
를 훑어보았다.

"대장님, 저 감자가 저희 밭에 놀러 왔대요."

상추가 토마토 대장에게 말했다.

"놀러온 건 아니고, 갈 곳도 없이 그냥 길을 헤매다가 이곳으로 온 거예요."

감자가 부끄럽게 말했다.

"음. 감자야, 여기까지 오느라 많이 힘들었겠구나. 우리 밭에 온 걸 환영한다. 이제 우리와 같이 지내자꾸나."

토마토 대장이 표정을 밝게 하며 말했다.

"고마워. 토마토야."

감자가 몸을 데굴데굴 굴리며 고마움을 나타냈다.

"아! 그리고 나를 부를 때 토마토 대장이라고 불러줘!"

토마토가 말했다.

"네. 토마토 대장님!"

감자가 큰소리로 대답했다. 토마토 대장은 무서워 보이기도 했지만, 왠지 감자는 그런 토마토가 믿음직하고 고마웠다.


그날부터 감자는 새로운 채소밭 친구들과 함께 지내게 되었다. 채소밭에서 하루하루를 보내며 그곳의 여러 친구들을 만났다.

"안녕? 네가 감자구나. 난 상추야."

하루는 상추가 다가와 감자에게 인사를 했다. 그런데 상추의 생김새가 어쩐지 좀 이상했다. 잎에 듬성듬성 구멍이 나 있고, 어떤 부분은 찢어진 것처럼 보였다. 감자는 상추의 생김새를 보고는 걱정하며 물어보았다.

"상추야, 너 괜찮니? 많이 아파 보이는데."

상추는 웃으며 대답했다.

"아니야, 벌레들이 내 잎을 파먹어서 그래. 그때는 많이 아프고 힘들었지만 이제는 괜찮아."

상추는 구멍 뚫린 잎이 아무렇지도 않은 것처럼 웃으며 말했다. 감자는 오히려 상추의 그런 모습이 신기했다.

"잎에 구멍이 났는데도 어쩜 그렇게 즐겁게 지낼 수 있니? 난 너무 못생겨서 불행했는데. 비결이 뭘까?"

감자는 자신의 생김새를 보고 한숨을 쉬었다. 그러자 상추가 힘을 내라며 말해주었다.

"잎에 구멍이 좀 나면 어때? 요즘 사람들은 벌레 먹은 채소를 더 좋아하는 사람도 있대. 그만큼 농약 없이 자란 게 더 깨끗하다는 뜻이라며 말이야. 생긴 건 중요하지 않아. 내 본 모습을 잘 지키면 괜찮아. 너도 그럴거야, 감자야."

감자는 상추가 해 준 말에 큰 용기를 얻었다.

"상추야, 고마워. 넌 정말 마음이 튼튼하고 따뜻한 친구구나."

감자는 상추에게 고맙다고 말했다. 그리고 이 밭에는 또 어떤 친구가 있는지 두리번거리며 살펴보았다.

밭을 둘러보던 중에 감자가 특별하게 생긴 오이를 발견했다. 그 오이는 다른 것들과는 다르게 유달리 허리가 많이 굽어 있었다. 감자가 궁금해서 상추에게 물었다.

"상추야, 저기 의자에 앉아있는 친구는 누구야?"

"아, 오이라고 부끄러움이 많은 애야. 인사도 할겸 같이 가 보자."

상추는 감자를 데리고 오이에게 갔다. 감자는 가만히 있던 오이에게 인사를 건넸다.

"오이야, 안녕? 난 이 밭으로 놀러 왔어."

"어! 소식은 들었어. 네가 감자구나."

"어. 맞아. 근데 넌 허리가 왜 굽어 있어?"

감자가 궁금한 얼굴로 물어보았다.

"나는 태어날 때부터 허리가 굽어져 있었어."

"아, 그랬구나. 너도 힘들었겠구나! 어떨 때가 가장 힘들었어?"

"나는 친구들이 나를 계속 놀리고 피할 때가 가장 힘들었던 것 같아. 그때는 밖으로 나가기도 싫었어."

등 굽은 오이의 말에 감자도 공감하며 말했다.

"맞아. 나도 그랬어. 나도 생긴 모습이 이상해서 친구들이 놀릴 때 가장 힘들었어. 오이야, 넌 어떻게 그 힘든 일을 견뎌 냈니?"

등 굽은 오이는 힘겨워 보였지만 목소리는 씩씩했다. 그래서 감자가 등 굽은 오이에게 어떻게 씩씩하게 지낼 수 있는지 물어보았다.


"난 소원이 하나 있어. 등이 좀 굽었다고 내가

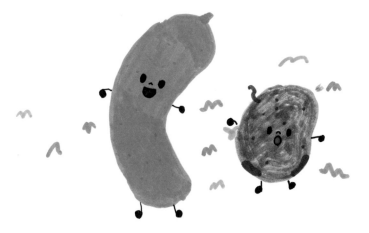

오이 아닌 다른 것이 되지는 않잖아. 나는 반드시 사람들에게 인기 있는 오이가 될 거야. 무언가 포기하면 더 이상의 발전은 없어."

오이의 목소리에는 힘이 있었다. 감자는 오이의 모습을 보고 자신감을 잃은 자기 자신이 부끄러워졌다.

"정말 대단하구나. 꿈을 포기하지 않는 오이가 되다니. 나도 많이 반성해야 될 것 같아."

오이의 말을 듣고 감자는 생각했다.

'아, 오이의 말이 맞아. 나도 포기하지 않고 내

모습에 만족하며 열심히 살아야지.'

 다음 날, 감자는 색깔이 남들과 다른 토마토를
만났다.

"어? 너는 보라색이네?"

"내가 어릴 때였어. 꽃이 떨어지고 막 열매가
맺을 때였지. 근데 하필 그때 내 머리 쪽으로 새
가 날아와서 내 머리를 쪼았어. 그러면서 멍이
들었어."

 토마토가 친절하게 말해주었다. 감자가 깜짝
놀라며 다시 물었다.

"헉 정말? 많이 아팠겠다."

"어? 너는 다른 감자랑 조금 다르게 생겼네."

"어. 나는 너무 못생겨서 친구들에게 놀림을 받
고 밭을 떠나서 지금은 그냥 돌아다니다 너희들
을 만난 거야."

"못생기다니. 넌 못생긴 게 아니야. 다른 감자
와 조금 다르게 생긴 것뿐이야. 나처럼 말이야."

토마토의 말에 감자는 깊은 감동을 받았다. 그 동안 자신을 못생겼다고만 생각했는데, 남들과 다르게 생긴 것뿐이라는 말은 감자에게 큰 힘이 되었다.

그날 밤. 감자는 곰곰이 생각해 보았다.
'흠. 여기서 만난 친구들은 나와 비슷한 아이들이 많아. 상처 나고, 등이 휘고, 색이 변하고. 근데 그 친구들은 자기를 이상하다고 생각하지 않고, 남과 다르지 않다고 생각해. 다른 것은 나쁜 것이 아니라며 말이야.'
감자는 생각하고 또 생각한 끝에 한 가지 결심을 했다.
"그래! 결심했어! 나는 비록 다른 친구와 다르게 생겼지만, 나도 분명히 감자야. 기죽지 말고 열심히 내가 할일을 하며 사는 게 옳은 것 같아. 그러려면 내가 살던 밭으로 돌아가야겠어!"
감자는 원래 살던 밭으로 돌아가기로 결심했

다. 그래서 다음 날, 자기를 반갑게 맞아주었던 친구들과 작별을 했다.

"고마워 친구들아. 너희들 덕분에 난 용기를 얻었어. 그래서 내가 있던 원래 자리로 돌아가려고 해. 고마웠어!"

"감자야. 잘 가. 넌 누가 뭐라고 해도 감자란 걸 잊지 마."

친구들은 감자가 처음 왔을 때처럼 갈 때도 따뜻하게 배웅해 주었다. 감자는 친구들과 아쉽지만 작별을 하고 다시 원래 살던 감돌이밭으로 돌아갔다.

"영차, 영차! 아이 힘들어! 내일쯤이면 도착하겠지? 열심히 가자."

다음날.

"와! 드디어 내가 태어난 밭으로 도착했다!"

감자가 조심스럽게 감돌이밭으로 들어가려고 했다. 그때, 저쪽에서 고구마와 양파 그리고 호박이 왔다.

 양파와 호박이 비웃으며 말했다.

 "어디를 가 봐도 못생긴 너를 받아주는 데가 없지?"

 이번에는 호박이 말했다.

 "어? 얘들아 또 못생긴 감자 왔대요."

 고구마가 말했다.

 "야 감자, 넌 나갈 때나 돌아올 때나 못생긴 건 아직도 여전하구나. 크크!"

양파가 말했다.

"야 쟨 어딜 갔다 왔길래 저렇게 똥 냄새가
나?"


감자는 친구들이 아무리 뭐라 해도 당황하지
않고 차분하게 자기 할 일을 열심히 하려고 했
다.

"야! 네가 뭔데 우리 말을 무시해?"

감자가 아무 대꾸도 없이 자기 할 일을 하자 고
구마가 말했다. 하지만 감자는 계속 친구들의
나쁜 말은 무시해 버렸다. 고구마와 양파와 호
박은 감자가 아무런 반응을 안 해서 당황했다.

그 다음 날, 감자는 생각했다.

"더 이상 못 참겠어. 오늘은 고구마가 놀리면
하지 말라고 이야기해야겠어!"

오늘도 어김없이 고구마, 양파, 호박이 감자를
다시 놀리기 시작했다.

고구마가 말했다.

"얘들아, 감자 봐봐. 완전 몬스터 닮았지 않아?"

고구마의 놀림에 이어 양파가 말했다.

"맞아 맞아. 완전 못생기고 울퉁불퉁한 감자. 하하!"

그런데 이때, 고구마, 양파의 말은 대답하지 않던 감자가 말을 했다.

"고구마, 양파야. 너희들은 나를 놀리는 게 재미있을지 모르겠지만 나는 엄청 속상하고, 내가 할 일도 하기 싫어져. 그래서 나를 더 이상 놀리고 괴롭히지 않았으면 좋겠어."

감자의 말을 들은 고구마와 호박, 양파는 잠시 당황하였다. 그리고 감자는 계속해서 친구들에게 자기 생각을 떳떳하게 말했다.

"너희들이 아무리 나에게 못생겼다고 해도 난 떠나지 않을 거야. 왜냐하면 난 못생긴 게 아니라 다르게 생긴 것뿐이야! 다르게 생긴 게 내 잘못은 아니잖아. 그리고 가장 중요한 건 아무리

생긴 게 달라도, 난 분명히 감자야. 내가 생긴
건 마음대로 바꿀 수 없지만, 너희들과 친해지
는 건 내 마음으로 바꿀 수 있어. 난 앞으로 내
마음을 바꿔 보려고 해. 그러니 너희도 앞으로
나에 대한 마음을 좀 바꿔줬으면 해."

감자가 눈물을 흘리며 친구들에게 부탁했다.
그 말을 들은 고구마와 양파는 그 동안 자신의
말과 행동이 부끄럽고 미안했다. 그래서 자신의
잘못을 감자에게 사과했다.

"감자야, 미안해. 감자 네가 그렇게 힘들어할

줄 몰랐어. 미안해."

"감자야, 나도 그동안 미안했어. 이제부터는 우리 친하게 지내자."

"그래 애들아. 사과해줘서 고마워. 이제부터 사이좋게 지내자."

친구들의 사과 이후, 감자와 고구마, 호박, 양파는 모든 채소들은 외모는 보다 남의 마음을 헤아릴 줄 알고 배려하는 것이 가장 중요하다는 것을 알고 밭에서 모두 사이좋게 지냈다.

장미의 몸에
가시가 생긴 이유

# 장미의 몸에 가시가 생긴 이유

꽃나라에 봄이 와 예쁜 꽃이 활짝 피었다. 꽃들은 봄을 맞아 모두 즐겁고 행복한 모습이었다. 하지만, 그 중에 무슨 일인지 마음이 우울한 꽃들도 있었다. 목련, 벚꽃, 민들레, 할미꽃은 화사한 봄날과 어울리지 않게 왠지 어두운 표정이었다. 이들은 서로 어떤 사연으로 기분이 나쁜지 얘기를 나누었다.

먼저 목련이 말을 꺼냈다.
화창한 아침이었어. 나는 평소와 다름 없이 학교에 갔어. 저기 교문 앞에 장미가 보였어.
"장미야 안녕?"

난 장미가 정말 반가워서 인사를 했지. 하지만 장미는 나와 생각이 달랐나 봐.

"뭐야 못생긴 목련이잖아? 얘들아 그냥 가자"

"장……."

장미는 내 인사를 가볍게 무시했어. 장미는 진짜 예뻐. 하지만 마음만은 그렇지 않아.

난 정말 슬펐어. 장미가 반가워서 인사한 것 뿐인데, 장미가 나를 그렇게 무시할 줄은 몰랐지. 정말 겨울이 다시 온 줄 알았다니까. 벚꽃, 너는 무슨 일 없었니?


목련의 이야기를 받아 벚꽃이 말을 시작했다.

이제 내 이야기를 시작할게. 얼마 전 학교를 마치고 교문에서 나오는데, 장미가 다친 다리를 힘겹게 이끌고 교문 밖으로 나가고 있었어.

"장미야! 내가 가방 들어줄게."

"야! 더러운 손으로 어딜 만져!"

"아니 난 그냥……."

그때 귀여운 은방울꽃이 다가왔어.

"장미야, 내가 도와줄게."

"그래, 은방울아 같이 가자."

나는 그자리에서 한동안 말없이 서 있었어. 그 때 내 기분을 알겠니? 부끄럽기도 하고, 민망하기도 하고, 화가 나기도 했지. 하지만 장미에게 말하지는 못했어. 민들레야 너는?

민들레도 자기 이야기를 시작했다.

나는 학교 수업을 마치고 교문에서 엄마, 아빠를 기다리고 있었는데 갑자기 바람이 휭하고 분

거야. 내 머리카락이 횡하고 날아가 버렸지 뭐야. 그래서 내 머리카락을 애타게 줍고 있었는데, 그 앞에서 웃음소리가 들렸어. 그것도 여러 명이 함께 웃는 소리였지. 그래서 앞을 보았는데 장미와 장미 친구들이 이렇게 말하는 거 있지?

"어? 민들레 머리 봐. 하하하! 민들레는 탈모인가 봐!"

"아니야! 그런 말 하지 마!"

"탈모래요. 탈모래요. 대머리 민들레 잘 가!"

"거기 서!"

그때는 정말 억울하고 속상해서 쥐구멍에 숨고 싶었어. 다시는 이런 일을 당하고 싶지 않아.

이번에는 할미꽃이 시무룩한 표정으로 말했어. 난 교실에서 책을 읽고 있었어. 장미가 나를 쳐다보더니 말했어.

"너는 아직 어리면서 왜 이렇게 늙어 보이니?

허리도 구부정하고 흰머리도 있고 말이야. 하하!"

"아니야! 난 원래 이렇게 생긴 거야."

"어디서 말대꾸니? 그냥 듣기만 해. 하!"

"외모만 보고 판단하지 마! 모든 생명은 자기가 하는 일에 최선을 다하고 성실히 하는 게 제일 예쁜 거라고!"

"어쩌라고, 어차피 너는 못생겨서 친구도 없잖아."

친구들이 다 보는 앞에서 그런 말을 들으니 정말 부끄럽고 너무 슬퍼서 울음을 터뜨리고 말았어.

목련, 벚꽃, 민들레, 할미꽃은 서로 장미에게 겪은 마음 상한 일을 이야기했다. 누가 더할 것도 없이 모두 서운하고 슬픈 경험이었다. 꽃들은 장미가 착한 친구가 되었으면 좋겠다고 생각했다. 하지만 꽃들은 그것을 해결할 수 없었다. 그래서 목련이 생각했다.

"500년 된 은행나무 할아버지라면 알지 않을
까?"

"맞아, 은행나무 할아버지는 세상에 그 어떤 일
도 다 아셔. 우리 한번 가 보자."

그렇게 해서 꽃들은 500년 된 은행나무 할아버

지를 찾으러 갔다.

"안녕하세요! 은행나무 할아버지!"

"호호! 반가운 친구들이 왔구나. 어서 오너라."

은행나무 할아버지는 꽃들을 반갑게 맞아주었다. 목련이 시무룩하게 말했다.

"은행나무 할아버지, 저희가 고민이 있어요."

"왜 그러니 목련아?"

"제 친구 중에 장미라고 예쁜 친구가 있는데, 그 친구가 저희들을 자꾸 놀리고 괴롭혀요."

"그래? 많이 힘들었겠구나. 장미가 자신의 잘못을 깨달아야 할 텐데. 나에게 좋은 생각이 있으니 잘 해결해 보마."

"할아버지, 정말 감사합니다!"


한편, 장미의 나쁜 행동은 도무지 고쳐지지 않았다. 어제도, 오늘도, 내일도 친구를 놀리는 일은 계속 되었다.

"에베베! 목련은~ 못생겼대요. 못생겼대요. 하

하하!"

"그러지 마!"

"싫어. 난 재미있는데 뭐."

장미는 목련을 또 놀리고 괴롭혔다. 목련이 힘든 것은 상관 하지 않고 장미는 자기 생각만 했다.

"아이쿠!"

"하하하! 바보 벚꽃. 크크크."

친구들이 지나가면 다리도 걸고, 넘어진 친구를 일으켜주지도 않았다.

"으악! 갑자기 다리를 걸면 어떡해?"

"어쩌라고! 꽃이 폈다가 일주일만 지나면 다 떨어지는 벚꽃 주제에."

"할미꽃은 꼬부랑 할머니래요!"

"아니야, 아니라고!"

"맞잖아! 에베베~~"

"민들레는 대머리래요. 하하하!"

장미는 아무 잘못도 없는 친구에게 화를 내지 않나, 자기가 잘못한 일도 남이 잘못했다고 우기며 소리치기 일쑤였다. 친구들은 장미가 뱉어내는 말이 마치 가시처럼 자기 몸에 박히는 것처럼 아팠다. 이제는 정말 장미와 놀고 싶은 친구는 아무도 없었다.


그러던 어느 날, 은행나무 할아버지가 장미에게 다가왔다.

"장미야, 안녕? 나는 은행나무 할아버지란다."

"아, 네. 그런데 왜 찾아오셨어요?"

"장미 네가 친구들에게 나쁜 일을 많이 했다는 걸 나는 알고 있다. 그래서 내가 너에게 벌을 주려고 한다."

"아, 왜요! 할아버지가 뭔데 저한테 그러세요? 저는 아무 잘못 없다고요!"

"장미야, 너는 반성하는 모습이 전혀 안 보이는구나. 그러니 내가 벌을 주겠다. 이제부터 네가 친구들에게 나쁜 짓을 할 때마다 몸에 가시가 생길 것이다."

"쳇. 뭐라는 거야. 마음대로 하세요!"

장미는 불만스럽게 소리쳤다. 은행나무 할아버지는 그런 장미를 보며 고개를 저었다. 그러고는 돌아보지 않고 그대로 가버렸다. 하지만 이때까지도 장미는 자신의 잘못을 제대로 뉘우치지 못하고, 어떻게 하면 아이들을 재미있게 괴롭힐지만 생각하고 있었다.

다음 날, 아침에 일어나 거울을 보다가 장미가

깜짝 놀랐다. 장미의 몸에 뾰족한 가시가 하나 솟아나 있었다.

"어? 내 몸이 왜 이렇지? 내 몸에 가시가! 왜 이렇지?"

장미는 가시 하나가 거슬렸지만, 며칠 지나면 없어질 거라 생각하고 아무렇지 않게 여겼다. 역시 등굣길에 친구들을 만난 장미는 나쁜 말을 쏟아냈다.

"애들아 안녕?"

"목련아, 근데 너한테서 똥 냄새나는 것 같아. 어우 냄새!"

"아니야, 장미야! 거짓말 하지 마!"

"아닌데? 얘들아, 목련 몸 에서 똥 냄새 난다!"

"벚꽃아, 너한테도 방귀 냄새나. 하하! 목련이랑 같이 다니면 되겠네!"

장미는 은행나무 할아버지의 경고에도 불구하고 친구들을 계속 놀려댔다.

다음 날 아침, 장미의 집.

"으악!"

장미는 거울에 비친 자기 모습을 보고 깜짝 놀
라 소리를 질렀다. 어제까지만 해도 하나뿐이었
던 가시가 온 몸에 뾰족하게 솟아나 있었다. 장
미는 학교에 갈 생각도 못하고 발만 동동 구르
고 있었다.

"장미야, 너 몸이
안 좋니? 오늘 학
교도 안 가고."

"아, 아니야 엄마,
아 무 것 도 아 니
야."

장미는 엄마에게
도 자신의 모습을
보여주지 못했다.
아무 것도 아닌 척
말했지만, 장미는

계속 눈물만 흘렸다.


 같은 시각, 학교에서는 꽃 친구들이 장미가 보이지 않아 궁금해 했다.
"어? 벚꽃아, 목련아, 장미 못 봤어? 오늘 학교를 안 왔네?"
"어 그래? 난 못 봤는데? 왜 안 왔을까?"
"에휴! 장미 같은 애들은 안 오는게 더 나아."
"맞아 맞아! 장미가 오면 우리한테 피해만 주는 걸?"
"그래도……."
"얘들아, 떡볶이나 먹으러 가자."


 온몸에 가시가 잔뜩 난 장미는 걱정에 빠져 아무 것도 할 수 없었다. 생각 끝에 장미는 은행나무 할아버지를 찾아갔다.
"할아버지, 도저히 안 되겠어요. 가시 좀 없애 주세요!"

"네가 나쁜 짓을 너무 많이 했으니 그냥 없애줄 수는 없다."

"그럼 어떻게 하면 없애주실 수 있나요? 없애만 주신다면 친구들을 놀리지 않고 괴롭히지도 않을게요. 제발요. 네?"

"음, 네가 많이 반성하고 있는 것 같구나. 그럼 장미 네가 착한 일을 하나 할 때마다 가시가 하나씩 없어지게 해주마. 이제부턴 남을 존중하고 배려하며 착하게 지내거라. 알겠지?"

"어? 정말요? 감사합니다!"

집으로 돌아온 장미는 앞으로 어떻게 해야 할 지 고민해 보았다. 가시가 잔뜩 난 채로 살아갈 수는 없기 때문이다.

"하! 일단 부끄럽지만 학교에서 친구들에게 사과부터 해야지."

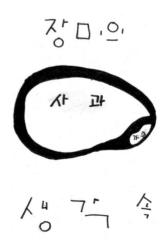

장미는 학교에 가서 용기를 내어 친구들 곁으로 갔다.

"저기 얘들아, 내 얘기 좀 들어 줄래?"

"어? 그래."

"얘들아, 내가 그동안 너희들에게 한 행동에 대해 많이 생각해 봤어. 그래서 내가……."

"아 뭐래? 됐어!"

　벚꽃은 그동안 장미에게 당한 것이 생각나 장미의 말을 듣기도 싫었다. 하지만 할미꽃이 벚꽃을 설득하며 장미의 말을 들어보기로 했다.

"아니야 벚꽃아, 들어 보자"

"그래서 내가 너희들에게 사과를 하고 싶어. 얘들아, 내가 그동안 미안했어. 다음부터는 너희들을 절대 놀리거나 나쁜 말을 하지 않을게. 힘든 일이 있으면 도우면서 착하게 지낼게. 진심으로 미안해!"

　장미의 진심 어린 사과에 친구들은 고민했다.

"얘들아, 받아줄까?"

"진심인 것 같은데?"

"그래. 받아주자."

친구들은 장미의 사과를 받아주기로 결정했다.

"그래 장미야! 이제부터는 좋은 친구로 지내보자. 사과해 주어서 고마워."

"얘, 얘들아, 고마워! 다음부터는 절대! 절대로 안 그럴게!"

장미는 몇 번이고 친구들에게 사과하며 자신의 행동을 고치기로 약속했다.

과연, 장미의 몸에 난 가시는 사라질 수 있을까?

# 우린 소중해

————

2025년 1월 31일 초판1쇄 발행

**지은이** 곽청명, 김규린, 김 봄, 김승혜, 김아인, 김유빈, 김지환, 남시우, 남지민, 박시원, 박재현, 박정은, 송명준, 신인주, 신재민, 우승민, 이윤서, 이태호, 이호준, 정서은, 허다은, 황민서, 황준민, 황현찬, 이채율

**엮은이** 김대조 **펴낸이** 김성민 **편집디자인** 김경자

**펴낸곳** 도서출판 브로콜리숲 **출판등록** 제2020-000004호

**주소** 41743 대구광역시 서구 북비산로 65길 36, 2층 **전화** 010-2505-6996 **팩스** 053-581-6997

**홈페이지** www.broccoliwood.com **인스타그램** broccoliwood_ **전자우편** gwangin@hanmail.net

ⓒ김대조 2025    ISBN 979-11-89847-99-9 73810